# LA VIDA EN MINIATURA

IMPEDIMENTA NARRATIVA, 280

MARIANA SÁNDEZ
# LA VIDA EN MINIATURA

IMPEDIMENTA

Título original: *La vida en miniatura*

Primera edición en Impedimenta: febrero de 2024

Copyright © Mariana Sández, 2024
Copyright de la música © Mariano Gilmore & Belle, 2024
Imagen de cubierta: © Katie McCann, *Magic Forest,* 2020
Copyright de la presente edición © Editorial Impedimenta, 2024
Juan Álvarez Mendizábal, 27. 28008 Madrid

ISBN: 978-84-19581-27-3
Depósito Legal: M-253-2024
IBIC: FA

Impresión: Kadmos
P. I. El Tormes. Río Ubierna 12-14. 37003 Salamanca

Impreso en España

Impreso en papel 100% procedente de bosques gestionados de acuerdo con criterios de sostenibilidad.

A mis abuelas.
Y a mis abuelas de la ficción.

«I will go down with my colours flying.»

VIRGINIA WOOLF, *Diario*


«También armé pequeños teatros,
cajitas con recuerdos y adivinanzas
para pequeños príncipes porque
la poesía es la continuación de la infancia
por otros medios, y la miniatura,
un objeto transportable,
ideal para los seres nómades.»

MARÍA NEGRONI, *El corazón del daño*

Acaba de dar un paso al costado y prefiere no mirar atrás. Es algo temporario, eso la calma. Emprende un viaje por la tierra paterna sin fechas específicas ni propósito. Va con una valija de cabina cuidada, vieja, y un saco de pana verde, bastante ancho para su figura, que pudo haber pertenecido a otra persona. Sus mocasines diminutos de hebilla apenas contactan el piso con la ligereza de las palomas. Hay algo tremendamente narrativo en esa mujer tan pequeña que cabe en un achinamiento de ojos.

Dorothea Dodds avanza por la noche sucia de Londres con la cautela de una monja, una sombra melancólica en la oscuridad. En su andar va dejando huella como los aviones cuando subrayan el cielo con tiza. No le pesan los rosarios ni los pecados ajenos, pero la hunde la culpa por lo que se atrevió a inventar. Jamás pensó que llegaría a tomar una decisión tan insensata. Ni sabe, aunque intuye, que elegirá su final.

# MANDANDO

«Es inútil aconsejar calma a los humanos cuando experimentan esa inquietud que yo experimentaba. Si necesitan acción y no la encuentran, ellos mismos la inventarán.»

CHARLOTTE BRONTË, *Jane Eyre*

La mañana del día en que tenía todo preparado para desertar, Dorothea se dejó caer en la cama gemela a la mía y dijo: No sé si puedo. Se puso a enroscar y desenroscar entre los dedos los flecos de la manta; bajó los ojos llorosos para fijarlos, avergonzada, en ese ejercicio contenedor. Suspendí el lustrado de mis zapatos para sentarme a su lado: Son puros nervios, prima, la tranquilicé con una caricia firme en la espalda.

Cuando volví del baño se miraba abstraída, todavía a medio vestir, en el espejo del armario y se repasaba las líneas delatoras de la cara con el índice. Después de una fatal noche de insomnio, las arrugas parecían el resultado de haber dormido con la cara aplastada contra un colador de pastas. Las ojeras se veían protuberantes como si le hubieran crecido bulbos de batata debajo de la piel. La melena, redondeada encima de los hombros con una perfección que suelo elogiarle, se desordenaba sin gracia dejando asomar arriba, expandida sobre la tintura castaña, una aureola gris en las raíces, igual a esos ceniceros a los que resulta imposible limpiarles el fondo.

—A ver, que te arreglo con algo de maquillaje —la apuré.

Me di cuenta de que evitaba salir del cuarto y encontrarse con sus padres porque nunca fue buena disimulando, ni siquiera ahora, con ella al borde de la tercera edad y ellos en el precipicio hacia el otro mundo. Mientras tanto, se oía afuera el ir y venir de los viejos que arrastraban los pies, empujaban bultos, entraban o salían de la cocina, colisionaban entre sí y se echaban mutuamente las culpas; susurraban gritando porque ninguno de los dos oye bien, el tío muy poco. Por turnos llamaron a nuestra puerta con la frecuencia de un reloj cucú de dos pájaros.

Horas antes de tomarse el avión a Buenos Aires, luego de tres semanas en Londres, Robert y Sofía estaban tan urgidos por volver a su ciudad que, en sentido inverso a la hija, ejecutaban todo con una precipitación motriz realmente innecesaria. No hacía falta verlos para saber que ya habían acomodado el equipaje en la entrada principal, contando en eso las dos valijas para despachar, un bolso de mano compartido, lleno hasta arriba de remedios de todo tipo y elementos de higiene para usar, teóricamente, durante el vuelo, más la documentación revisada con lupa treinta veces. Solo les faltaba calzarse y partir, apenas se lo indicáramos.

Durante el viaje en taxi volví a agradecerles que hubieran venido desde la australidad del mundo para despedirse de papá ni bien nos avisaron del peor pronóstico. Sabés perfectamente que haría cualquier cosa por mi único hermano y por vos, Mary, por ustedes, reconoció el tío acongojado.

—¿Cómo no íbamos a estar para darle el último abrazo a Simon? —agregó Sofía—. Además fue un placer ver a tu hijo, increíble tan grande, ya se ha vuelto un hombre. ¿Cuántos años me dijiste que tiene?

—¿Christian? Chris cumple veintiocho en agosto. Lástima que se quedó tan poquito, tenía obligaciones por su trabajo y su vida en Berlín.

Al llegar a Victoria Station, salimos expulsados del taxi como un coágulo de carne vieja, dificultades motoras, exceso de abrigos y bártulos. De nada sirvió que les insistiera con hacer todo el camino hasta el aeropuerto en auto; costaba casi lo mismo si se comparaba con la suma de los tres boletos del tren más el taxi y todo el desgaste que producía, a un grupo de gente mayor, andar con el equipaje de un lado para otro, remontando escaleras y buscando ascensores. No hubo forma de convencerlos.

Ahora, situémonos en la estación Victoria, núcleo de todas las vértebras comunicantes de Londres, un lunes a principios de abril. Habitualmente el hormigueo humano es tal que, si uno intenta detenerse un segundo con la intención de revisar el teléfono o encontrar un destino en las carteleras, bastará para ser atropellado por una horda de individuos que marcha en múltiples direcciones de un modo industrial, frenético. Agreguemos a eso la alteración de la gente por el momento convulsivo que atravesábamos: hacía solo unos días la reina había comunicado oficialmente que el Reino Unido se separaba de Europa, tras lo que decenas de miles de personas llenaron las calles para manifestar su descontento. El clima de frustración o de abatimiento, las peleas a favor y en contra en cualquier casa, en las oficinas o en las veredas de los pubs durante los *afterhours,* las marchas y los acampes frente al Parlamento… Todo ello resultaba tan apabullante que de a ratos la tristeza por la muerte de papá —y mi nuevo estado de huérfana— me parecía injustamente esfumada. Me consolaba recordarme cada tanto que por suerte él no había alcanzado a asistir de manera consciente a ese desenlace porque la indignación le hubiera causado no una, sino varias muertes seguidas.

En el centro de ese cuadro, en medio del amasijo, Dorothea se frenó de golpe y nos obligó a los demás a pararnos también, lo que desorientó a sus padres. Más de un pasajero distraído rebotó contra nuestro círculo mal estacionado —un limbo dentro del caos— e insultó porque interrumpíamos el paso. Cuando ya la situación era insostenible, y acorralada por mis continuos recordatorios al oído o mediante toquecitos en el codo, mi prima empezó a anunciar que no volvía a Buenos Aires, se quedaba un tiempo en Londres, en mi casa, en Hampstead. Eran necesarias solo tres palabras: Yo no vuelvo. O dos: No vuelvo. Versión impersonal: No volver. Propositivo: Me quedo. Lo que le salió fue tan enmarañado, tan mudo en medio del barullo, que si bien yo a priori no quería, terminé por arrebatarle la palabra.

—La valija esa —señalé— tiene mi ropa. Soy yo quien viaja con ustedes a Buenos Aires, tíos, si me aceptan, mientras Dorothea se toma unas vacaciones acá, un tiempito. Preciso acomodarme a la ausencia de papá y distanciarme temporalmente de todo esto. —Alcé las manos hacia los lados como si mi país se ciñera a ese recinto cercado por cafés, taquillas y kioscos de revistas—. En fin, me vendría tan bien hacer un paréntesis allá. ¿No les molesta?

Los tíos permanecieron inmóviles, observándome como si esperaran que mi boca lo repitiera, seguros de no haber oído bien; les hizo falta unos segundos para procesar la información. Si a mí me resultaba difícil, el cuerpo de mi prima en ese instante debía sentirse como envuelto en una faja de cilicios. La torturaba saber que sus padres no estaban acostumbrados a prescindir de ella o a manejarse solos.

—Claro, claro que no, querida, eso no es problema. —Sofía, con poco aire en la respiración—. Siempre sos bienvenida con nosotros, Mary, es un gusto enorme, ni hay que explicarlo. —A través de los vidrios gruesos de sus lentes, nos estudió con sus pestañas consumidas, siempre húmedas. Se veía agitada. Sacó del bolsillo el inhalador para el asma y giró hacia un costado para darse un puff. Luego se concentró con la misma avidez en su esposo, presionándolo en silencio para que él respondiera.

—Nuestra casa es tuya y sobra espacio —Robert, notoriamente aturdido. Con las manos en los bolsillos, miraba inquieto hacia la turba radiactiva de pasajeros como si vigilara a un niño a punto de perderse en la multitud.

—Ya hicimos el cambio de billetes, check-in confirmado, todo en orden, nada de que preocuparse —agregué.

Las primas intercambiábamos roles. Yo no tenía inconveniente en reemplazar a Dorothea como asistente profesional del padre, compañía de la madre, coordinadora y sostén anímico del hogar. Me sobran tiempo y condiciones, les aseguré con la consistencia que mi querida Dorothea en cambio desconoce.

—Roberto, ¿pensás opinar algo sobre la decisión de tu hija? Es obvio que se viene con nosotros como estaba armado. ¿Qué ridiculez es esta de querer quedarse así porque sí, en el último minuto? Avisarnos de esta forma tan… desconsiderada. —Sofía, pequeño atajo de huesos, ropa negra de luto (no solo por el velorio de mi padre, sino por costumbre), pelo blanco largo, atado en un rodete, tan blanco que, según la luz, por zonas se vuelve violáceo, todo llevado con elegancia. En los trances de pudor o irritación, el párpado derecho le tintinea exasperado con vida propia, deformándole de una manera bastante cómica el gesto y provocándole, en conjunto con los anteojos redondos, una singular cara de topo—. Robert… —Daba golpecitos con el bastón en el suelo.

*See it, say it, sorted,* sonó por octava vez, como un mantra insoportable, la advertencia de seguridad en los parlantes que habían incorporado hacía unos meses las estaciones para instar a los pasajeros a notificar de cualquier persona u objeto sospechoso.

—¿Qué te puedo decir? Me parece una barbaridad...

—El tío, más alto y macizo que su esposa y que su hija, que yo misma, pero de una estatura más bien baja para la media masculina. Pelo y barba grises, nariz y barriga prominentes, cardigans abotonados y abrigos de tweed largos al estilo Sherlock, sombrero en la calle, boina para pintar: en conjunto, aspecto de psicoanalista pudiente dado al alcohol—. ¿Se puede saber de cuánto tiempo hablamos?

—Algunas semanas, un par de meses, pasa tan rápido.

—Dorothea, esquiva. Posó los ojos en mí para juntar fuerzas, luego revolvió dentro de su cartera como si buscara un caramelo en el fondo.

Lo habíamos discutido hasta el hartazgo y, aunque le costara admitirlo, ella estaba convencida. Quizás valga la pena aclarar que, más allá de las idas y vueltas, se mantuvo inquebrantable por primera vez en su vida, a los cincuenta y nueve años.

La culpa fue del otro país, el que la tentó, eso me había dicho mi prima. La culpa fue, en todo caso, de algo inaudito que le produjo ese destino. De la nada misma, de repente: ese paisaje concreto o la idea del paisaje. ¿Un espejismo? La culpa se mezcló con la mitad de cromosomas ingleses que existían en su cuerpo a pesar de haber nacido y vivido siempre en la Argentina, y a pesar de que al padre su propia inglesidad lo tenía sin ningún cuidado. Robert había dejado su tierra muy joven para casarse con Sofía y, a medida que morían sus últimos parientes, se vaciaba de motivos para volver, lo vivía como un territorio del pasado, un mapa lleno de lápidas.

Esa mitad vino a susurrarle a ella al oído con la lengua de la serpiente. Le describió el paraíso. Dorothea tomó su manzana. La culpa surgió de los sueños sin sentido o del sinsentido de los sueños. La culpa debió ser de Inglaterra, que tuvo la osadía de flecharla con ese impulso insólito, ese deseo inexplicable de volverse inglesa, de permutar su patria, de trasplantar su espíritu, como si respondiera al mayor acto de entrega, el máximo estado de enamoramiento que había experimentado nunca. Y, lo más llamativo, le ocurrió en una dirección opuesta a la del padre.

Hubo momentos, después, en que me arrepentí de haber favorecido ese rapto tan curioso, más aún de haberlo promovido. Sin embargo, ahora puedo admitir que tan equivocada no estaba mi prima al perder la cabeza por el amor a un país. Aquel paisaje idealizado al final la recibió con lo único que ella de verdad precisaba: algo de reconocimiento, un guardián atento y un jardín.

En esa nostalgia de pasado y futuro mezclados andaba traspapelada por aquellos días cuando un folleto con publicidad, en una tienda Oxfam, le sugirió una idea. Tenue, rebelde, provocativa idea que tomó forma entre las dos.

Frente a la declaración de independencia de su hija, de repente, el tío pareció salir del ensimismamiento y gritó que cuánto le iba a costar toda esa idiotez, agitaba los brazos y escupía al gritar. Si el campo semántico obsesivo de Sofía ronda el tema de la salud y la puntualidad, el de Robert suele estar minado de referencias a cuestiones económicas. Sobre todo debido a las experiencias tan terribles negativas con el otro hijo, eso lo entiendo, pero Dorothea nunca había sido ni sería como su hermano mellizo, evidente para cualquiera, muy en particular para sus padres. Al margen de que los tíos no serán ricos, me consta por comentarios de papá que han heredado y logrado embolsar unos ahorros sustanciosos: alcanzan para dar buena vida a por lo menos unas dos generaciones después de ellos y, en esa familia, Dorothea ya es el *cul-de-sac*. Como si fuera poco, la obra de Robert Dodds —considerado uno de los más prestigiosos pintores ingleses contemporáneos— se vende por unidad en miles de dólares.

Nosotras nos miramos como quien escucha por centésima vez la pregunta monocorde de alguien con alzhéimer y aclaramos que cada una se costeaba lo correspondiente, tío querido. De cualquier forma, aceptémoslo, es mucho más fácil protestar por dinero que por desilusiones emocionales y lo único que le dolía al hombre, hasta niveles intolerables, era imaginarse un minuto sin su hija, su bastón o bastión vital. Me moría de ganas de señalárselo pero me mordí la lengua. A ver cuándo empezamos a llamar a las cosas por su nombre, con gusto le hubiera dicho.

Hubo que llevárselo a la rastra. Entre las tres lo forzamos a subir al vagón; la tía colaboró no porque estuviera de acuerdo, sino porque la movía el apremio por irse y el terror a perder el vuelo, y porque detesta hacer escándalos delante de otra gente, incluida yo misma. Ya arreglarían cuentas con su hija, lo adiviné en ese beso que le revoleó con el filo del mentón y que acompañó de un chau cortante.

A último momento, Dorothea sintió el envión de subir también, hizo un movimiento extraño hacia nosotros, hacia el vagón, justo cuando la detuvo el altavoz —*Stand clear of the closing doors*— y las puertas se cerraron delante de ella. Le sonreí con la intención de que se aflojara, aunque no sé si lo captó porque, como era de esperar, tenía la cabeza desbordada de reproches. Con qué derecho, tratarlos así, tan egoísta, en particular con la pena que les había causado Enrique, empezó a fustigarse apenas el tren se puso en marcha, me lo contó después en un mensaje. No iban a resistirlo, seguro iba a impactarles en la salud, etcétera y ramilletes de etcéteras. Se acercó indecisa a verificar qué tren salía hacia el aeropuerto. Buscaría su valija e iría detrás de nosotros. Y si no, tomaría otro avión, el siguiente, cualquiera. Sacó el celular del bolsillo para llamarme y avisarme que se arrepentía. Amagó a marcar mi número, pero sabía lo que yo iba a responderle. Entonces volvía a tildarse ante el letrero de Gatwick Express y las carteleras con los anuncios fosforescentes de los horarios sin ver ni escuchar nada. Más trenes partieron con ella detenida ahí, enfrascada. En un par de oportunidades hizo dos o tres pasos hacia ningún lugar y regresó. Puedo imaginar el cuadro: la intensidad de la luz natural empezó a debilitarse; primero las sombras y luego la luz artificial cayeron gradualmente sobre la figura estática de Dorothea. Cuando tomó valor para dejar la estación, afuera había empezado a oscurecer.

# TODO

«Las mujeres más felices,
como las naciones más felices,
no tienen historia.»

GEORGE ELIOT

Ni papá ni mamá estaban enterados de que, dos días después de haberme separado de ellos, luego de tanto dudar y ajustar detalles, tomar un turno largo en la peluquería para renovar el teñido, cortar las puntas, hacer manicuría, pedicuría, y dejar a Catalina de Aragón, la gata, en lo de una vecina de Mary, abordé un tren temprano, aunque no hacia el aeropuerto como al principio creí que haría, sino rumbo a una ciudad cercana, Saint Albans. Partí con una valija mediana y el maletín donde llevo la notebook y mi cuaderno de bocetos. Un viaje cortísimo, de veinte minutos, se convirtió en el escenario de un abigarrado debate interno con décadas de atraso, cúmulos de adrenalina ahogada, montañas de comienzos suspendidos, un apilamiento de futuros postergados, siempre siempre interrumpidos, verbos sin poner en práctica, ilusiones anestesiadas. Aferraba, en el bolsillo del sacón, la libreta donde tenía anotada la dirección de Josephine Oliver, punto de partida de un itinerario complejo, cuyas paradas, apellidos y calles, de tanto leerlos, empezaban a resultarme familiares. Repasaba la enumeración de destinos como si otra persona hubiera generado esa serie de compromisos por mí.

Y en parte sí, de hecho, fue la excéntrica de Mary. Se puso alerta como un galgo cuando le mostré, un poco por casualidad, un folleto que había traído de esa tienda Oxfam. Nunca había escuchado algo así, por eso me llamó la atención. Mi prima me lo quitó de la mano, lo leyó y tardó segundos en sentarse en el escritorio de su cuarto, abrir la computadora, buscar la web que figuraba en el papel y enterarse. Ella sí tenía noción de que existía ese sistema de cuidar casas y mascotas ajenas a cambio de alojamiento, o incluso de dinero, aunque no conocía a nadie que lo hubiera probado. Es interesante, decía excitada como una criatura, muy muy interesante. Se metía en una y otra pestaña de la página sin darme tiempo a leer completa cada parte, ni se detenía a explicarme. Cuando mamá gritó mi nombre desde el living, Mary respondió como un resorte, ¡ya vamos!, y sin palabras, con un dedo tipo flecha me ordenó cerrar la puerta; con otro gesto del mismo índice lanza, que me sentara en su cama.

—Sentate y escuchame, escuchame bien —anunció con el dedo oráculo sobre los labios en señal de que susurráramos—. Vos no volvés a Buenos Aires con ellos, no señor. Te quedás acá.

—¿Cómo? —La sorpresa me arrancó un tono alto, ella me indicó con la mano que lo bajara—. ¿Qué decís? —murmuré acercándome más.

—Hay que evitar por todos los medios a ese individuo —aseguró.

Toda la vida pensé que Mary debía haber sido actriz. Fue siempre una chica y una mujer no tanto bonita en términos de la belleza que suele estar de moda, sino atractiva por cómo se desenvuelve en cualquier circunstancia, con una luminosidad, un desparpajo, diferentes. No parece tenerle miedo a nada, al contrario, a todo le pone un tinte de histrionismo gracioso que además resulta convincente. Dotes que igualmente aplicó a su carrera como profesora de literatura: en el aula ese carácter de libélula alegre le fue muy útil, me consta.

—Ese indi... —Tardé en caer—. Ri... Ya... No es un peligro.

—Haceme caso, Dottie, por favor, ni lo dudes.

Ese individuo era el gran secreto de las dos y el motivo por el que mi prima me aguijoneaba a rodar por Gran Bretaña disfrazada de cuidadora. Decía que de paso descansaba un tiempo de la esclavitud de mis padres y aprovechaba para recorrer ese país que me gusta tanto pero libre, Dorothea, libre.

—Un poco de locura en primavera es saludable incluso para un rey. ¿Sabés quién lo dijo?

—No.

—La inmensa Emily Dickinson. Ese debe ser tu lema ahora. ¡Choque! —Me extendió el puño cerrado para que lo impactara con el mío como cuando éramos adolescentes. Solo que esta vez le acerqué un muñón blando, adormecido, como si me hubieran inyectado anestesia y no lo sintiera parte de mi osamenta.

El sujeto se llama Ricardo y hasta que reapareció en las últimas semanas justo antes de mi viaje, llevábamos once meses sin hablarnos sobre un total de diecisiete años de algo inespecífico que podría, quizás, definirse como relación amorosa, o relación a secas, a falta de otra palabra más precisa. No se me ocurre cuál. A veces el lenguaje tiene techos bajos y paredes demasiado estrechas donde no todos cabemos con comodidad.

*

Con Ricardo nos conocimos en un curso de francés, primer nivel del grado intermedio, en la Alianza Francesa de Belgrano. Esa sucursal queda cerca de mi casa y, teóricamente, según me dio a entender al principio, también de la suya. Ricardo es contador, tiene su propia firma o estudio, algo así. Como a causa de su trabajo faltaba algunas veces a clase, empezó a pedirme los apuntes, los fotocopiaba y me los devolvía. Sentí curiosidad, aunque nunca le pregunté, acerca de por qué me eligió a mí y no a cualquier otra compañera o compañero, de los quince que seríamos, para pedirlos. Es cierto que ni él ni yo hablábamos mucho con las demás personas del curso, a lo sumo un intercambio escaso, salvo que la profesora nos indicara trabajar en parejas o en grupo. Desde que se acercó por mis apuntes, los días que lograba llegar en hora se sentaba cerca de mí para asegurarse de que nos tocara juntos en los ejercicios de a pares. No me convenía: le cuesta mucho el idioma a Ricardo, mientras que yo tengo facilidad y prefería poder acoplarme a alguien que estuviera más a mi nivel. Al principio me hacía la distraída para tratar de esquivarlo, buscaba con la vista justo hacia el otro lado para ver quién estaba libre, pero al ser números impares, él siempre quedaba solo y me daba lástima dejarlo de lado. Terminaba ofreciéndole que se sumara a nuestro equipo aunque no aportara nada o entorpeciera, ya que había que explicárselo todo despacio, corregirlo, mostrarle. Terminó pasando que, cuando la profesora lo ordenaba, me dirigía a él o él se traía directamente la silla adonde yo estuviera sin preguntar.

Una tarde, al salir de la clase, se había desatado una tormenta apoteósica: el cielo estaba negro hierro, los truenos cortaban como un pan las nubes, el viento hacía volar ramas pesadas o carteles de la calle y llovía a cántaros. Muchos nos amontonamos en la puerta del instituto a esperar el mejor momento para salir, pero igual nos mojábamos porque la lluvia caía oblicua y nos salpicaba. Ricardo se ofreció a llevarme en su auto y, después de dudarlo, acepté. Salió a buscar el auto con un paraguas y volvió a recogerme por la puerta. Como algunas calles ya estaban inundadas, tuvimos que desviarnos y detenernos debajo de un árbol generoso a reparo del agua que impedía ver hacia afuera y de la piedra que repiqueteaba con violencia. Para que no se dañe la pintura, me explicó como disculpándose porque íbamos a demorarnos. No hay problema, dije, si bien a esa altura no se me ocurría otra cosa para charlar —habíamos comparado a la profesora con las que cada uno había tenido el año anterior, mencionamos el beneficio de pagar la cuota anual completa a principio de año, comentamos muy por encima a qué nos dedicábamos—, ni sabía qué hacer con las manos aparte de abrir y cerrar mecánicamente el botón con imán de la cartera o ponerme y sacarme mil veces seguidas los anillos. Encendió la radio para ver qué decía el pronóstico aunque más fue, me pareció, para que otras voces llenaran el espacio. Llegó un punto en que nos quedamos sin tema y estuvimos bastante rato sin decir nada, escuchando el runrún de la radio y el borboteo de la lluvia; en medio intercalábamos alguna frase tonta, mientras esperábamos debajo de ese árbol que se abría como una sombrilla lacia sobre el capó, arrullados por el monólogo del limpiaparabrisas y el aire de la calefacción que adormecía.

—¿Pensás que ya podemos arrancar? —pregunté en determinado momento, tratando de disimular mi incomodidad—. Tengo que llegar a casa, me están esperando.

Recuerdo que esa vez adrede dije «me están esperando» sin anteponer ningún sujeto porque me sonaba fatal decir «mis padres me están esperando» cuando ya había cumplido los cuarenta. Él podía suponer que quien me esperaba era un marido, por ejemplo, o marido e hijos, lo normal. Odio los techos bajos del lenguaje pero me da placer cuando vienen en auxilio sus pasillos laberínticos, las escaleras caracol y los pasadizos subterráneos.

—Sí, podemos. —Puso el motor en marcha y volvimos, creo recordar, en silencio.

Me dejó en la puerta, nos despedimos con mínimas palabras. Cuando entré en casa, prácticamente seca, mamá me miró azorada de arriba abajo y preguntó cómo me había salvado de semejante chaparrón. De paso hacia el baño, tiré mi bolso en el sillón de papá y le contesté que me había traído un compañero del curso.

—¿Un compañero? ¿Quién? —Vino si puede decirse «alarmada» detrás de mí.

—Nadie, qué sé yo, un hombre.

—¿Cómo qué sé yo? ¿Lo conocés?

—Sí, de francés, mamá, es compañero.

—Ya me dijiste, pero...

—No tengas miedo, no se quiere casar, solo me trajo para que no me mojara. —Y mientras decía eso se me ocurrió otra cosa—: Antes de mí acercó también a dos compañeros, por eso tardamos.

—Ah, qué bien, qué atento, menos mal...

En la estación de Saint Albans había poca gente y, en comparación con las velocidades de Londres, las personas daban la impresión de circular en cámara lenta, con un paso normal, parecían pertenecer a una época en la que el tiempo era tiempo y no una batalla campal. Aspiré muy hondo el aroma de ese aire, olía a ciudad pueblerina y a campo, a pastelería tibia y café recién hecho, campanario de iglesia, andar tenue de autobús limpio, humo impoluto de tren, rocío sobre césped recién cortado y tierra mojada; ese tipo de clima que unas horas más tarde será primavera en ciernes pero que en las primeras horas todavía huele a todo eso envuelto en un ambiente fresco y neblinoso. Saludé al guardia de uniforme, arrastré la valija hasta la fila de taxis. Durante el viaje, el conductor me preguntó si ya había estado ahí; le contesté que en esa ciudad no y me sentí como me habría sentido de chica si me hubiera rateado alguna vez de la escuela, eso que hizo tantas veces Enrique hasta que lo expulsaron. Disfruté del olor a cuero nuevo de los asientos combinado con la brisa ensolecida que entraba por una rendija de la ventanilla. Olor a viaje. Olor a vacaciones.

Lo importante es empezar esta etapa liviana, serena, sin cuestionamientos ni revisiones, limpia de memoria antigua, pensaba a medida que me entusiasmaba con el panorama. Como una mujer sin biografía.

Una mujer sin biografía, me quedé repitiendo la fórmula como si masticara alpiste. Asumiría el papel de esa persona a la que Mary había descrito en la web de House & Pet Sitting: señora de mediana edad, sin hijos, argentina, residente temporaria en casa de parientes ingleses en Londres, asistente de un artista inglés, amante de los animales y de los jardines, de hábitos sanos y de suma confianza, no fumadora, limpia y discreta. No me gustaba que sonara a aviso de solterona en oferta, pero Mary es muy testaruda y cada vez que quise opinar me hizo *shh*. De tanto trabajar en los textos de mi padre tengo pegados los vicios de la corrección de estilo. Le señalé que había usado la palabra «inglés» demasiadas veces en un par de líneas. Claro, a propósito, contestó ella con tono de estratega. Buscamos en mi teléfono y en el suyo una foto mía, elegimos una reciente, tomada en la puerta de su casa de construcción victoriana:

para que se note que estás acá, que no venís del fin del mundo, la extranjería mal que mal da desconfianza, los ingleses somos cerrados. Agregó otra foto en la que yo sostenía a Cat en brazos. Hasta ahí no mentía. Después dio un paso más arriesgado: puso como referencia a sus tres íntimas amigas, con las que juega al bridge todos los viernes. Redactó que yo había cuidado a los perros de una, a la gata de otra y la casa con jardín de la tercera. A esa la cambió de barrio, la llevó a las afueras de Londres, para que no pareciera que todo ocurría en el endometrio de Hampstead. Así lo llamó: el endometrio. Ella se ocuparía de avisarles e incluso pedirles que escribieran buenas reseñas sobre mi estadía en sus casas, no habría ningún problema, tenían espíritu de escuadrón.

Fue un gato gris, Zeus, espumoso como el humo, quien me recibió una vez que conseguí abrir la puerta, luego de varios intentos fallidos y forcejeos en la cerradura, con la llave que me entregó el veterinario de Mrs Oliver, a pocos metros de la casa. No ayudaba que las manos me desobedecieran por los nervios ni que hubiera empezado a sudar dentro de mi abrigo que, para el clima de esa hora, resultaba algo pesado. Por un momento odié a Mary y a mí misma por haberle hecho caso en toda esa idea peregrina, hasta que de repente la puerta cedió.

Las habitaciones estaban en la segunda planta, tal cual me lo había descrito la propietaria por mensaje de texto: «Le dejo preparado el cuarto que está separado de los otros dos, al final del pasillo, hacia la derecha». Deposité la valija contra un rincón y miré alrededor la habitación luminosa, decorada con sencillez y buen gusto en colores pasteles estilo Laura Ashley. Se respiraba ese olor a limpieza fría de los espacios no habitados; una muñeca vieja y un frasco de perfume vacío, en el que se advertía una capa de polvo pringoso, me hicieron pensar que ese cuarto debía haber pertenecido a la hija de la familia que ya no vivía en la casa y pasaba ahí las vacaciones o algunos fines de semana, o quizás se utilizaba para las visitas como yo.

Una vez detectados los dos gatos (el segundo, de pelo dorado y ojos amarillos, Apolo, apareció adentro de un armario, mientras acomodaba mis cosas) y la tortuga en el jardín, mandé un mensaje para avisar a la mujer que había encontrado todo bien y ya estaba instalada.

En el salón, corrí cortinas y levanté persianas para descubrir una casa blanca, con muebles de campo modernos, pisos de parqué nuevo o recién pulido, bibliotecas hasta el techo (los días siguientes me detuve a observar: había mayormente libros de derecho, historia y filosofía), además de un jardín amplio y cuidado, bien florecido, que inundaba de luz y reflejo verde los ambientes espaciosos a través de unos ventanales inmensos. La cocina estaba llena de armarios, superequipada con todo tipo de electrodomésticos y una mesada central de dimensiones dadivosas. De los estantes me elegí un plato hondo, uno playo grande y otro chico, un bowl, cubiertos, un vaso y una taza. Herví agua, me calcé mis propios guantes de goma y lavé la pileta de la cocina con lavandina. Después lavé el set de vajilla personal con la esponja que me había comprado para el viaje; lo dejé todo separado en un rincón junto con un trapo que también había llevado para secar. Si algo me resulta impensable es usar esponjas o trapos ajenos, ni hablar de las toallas. Le di un buen repaso a la mesada y a la mesa. Entonces sí me preparé un té y me senté en una silla del jardín al sol.

La tortuga, Diana, era gigantesca, nunca había visto una tan grande; le di un trozo de coliflor, por indicación de la dueña, que la criatura masticó con fruición. Me impresionó ver cómo estiraba metódicamente el cuello para morder un pedazo y saborear. De chicos habíamos tenido una tortuga, que se llamaba... Se llamaba... ¿Cuál era el nombre? Enrique la ahogó. Bueno, nunca se supo. Enrique en teoría pudo haberla ahogado y en ese momento, a nuestros cinco, seis años, había sido difícil entenderlo, perdonarlo. Cierto es que mi hermano era de esos chicos excesivamente curiosos, tanto que a menudo se metía en problemas por andar haciendo experimentos enrevesados. Como esa vez con la tortuga de tierra puesta a nadar.

Enrique no se había disculpado hasta que papá, furioso, se lo exigió y él de mala gana exhaló un sonido que se interpretó —o que los demás aceptamos interpretar— como un apenas vital *p-dón*. Ni siquiera había levantado la vista, el corte en taza caía sobre la frente y le tapaba parte de la cara de un modo que no se veían sus ojos pero yo, unos centímetros más baja que él, había llegado a entrever una mueca burlona.

¿Fue un accidente? ¡Henry! ¡Eh, decime! Otro zamarreo, más fuerte.

No importa, papá, no importa, dije, pausada, menos vehemente en el rescate de mi hermano mellizo que otras veces, la voz no tan ansiosa por justificarlo, algo de mí quiso demorarse en pronunciar la fórmula que solía servir para poner en libertad el brazo atenazado.

Papá, ya está, Enrique no lo hizo a propósito, fue un accidente.

¡Roberto!, gritó mamá, te lo pido por el amor de Dios, dejá al chico, le hacés daño, no es para tanto. Ya te dijo tu hija, fue un accidente, ¿qué parte no entendés?

Como papá soltó a Enrique, mamá lo capturó entre sus brazos y se lo llevó de ahí dándole besos, frotándole el pelo y susurrándole al oído. Fin del asunto.

Me acuerdo más de la tortuga muerta que viva, desarmada como un peluche que fue perdiendo el relleno, las cuatro patas mustias, rendidas, lívida, la misma textura de las setas que vienen en lata. Probé revivirla: sacudirla para expulsarle el agua, acostarla al sol en la terraza y fijar la vista sobre la criatura deshecha. No lloré, no lloraba. Llorar era para las madres cuando el hijo se portaba mal y el marido se enojaba. O cuando el hijo la ofendía «insolentemente» y el marido «siempre en contra de ella» lo defendía. Enterramos a la tortuga en el jardín al lado de unos peces que habían muerto antes por una inexplicada sobrealimentación. Nuestro breve mundo animal quedó tapado con unas piedras gruesas traídas de la plaza, en el rectángulo de césped que teníamos —tenemos— delante de la casa.

Esa noche en lo de Mrs Oliver me costó conciliar el sueño. Se me mezclaban las preocupaciones por mis padres y por Mary, que estarían tratando de encontrar la manera de entenderse, junto con otro temor: ¿y si le pasaba algo a la propiedad o a los animales? ¿Si durante esos días a mi cargo se enfermaban o intoxicaban, si un sujeto se metía a robar? Probablemente el recuerdo de la tortuga ahogada y los peces extinguidos me había influido. Además, los gatos tenían la costumbre de entrar y salir cuando se les antojaba, se iban por ahí, ¿y si no volvían? ¿De quién sería la culpa, qué responsabilidad me tocaba, hasta dónde estaría involucrada, qué pena me caería, cuánto me harían pagar, podría volver a la Argentina, me dejarían retenida, cómo se lo diría a mis padres? Oía ese tirabuzón de preguntas en un eco de mi propia voz asfixiada que venía de lejos. Había reposado toda la averiguación en Mary y tampoco estaba segura de que ella se hubiera interiorizado demasiado, habíamos solucionado todo tan rápido. Me había dicho que lo consultaría con su hijo abogado, aunque al final no sé si lo hizo. Bajé un par de veces a supervisar el estado de los animales o la cerradumbre de puertas y ventanas, usando el celular como linterna, con miedo por la oscuridad en esa casa enorme embutida en el silencio. Cuando por fin pude dormir unas horas, soñé cosas muy raras: en una de las escenas veía cómo alguien reventaba un palo de escoba o similar contra el caparazón de la tortuga, que se hacía añicos; los gatos se comían la parte blanda del animal y yo gritaba pero no me salía ningún sonido de la garganta.

Como dormí hasta bien entrada la mañana, me desperté más distendida. Todavía con el pijama puesto, lo primero que hice fue buscar la página web en mi notebook para revisar las cláusulas del contrato; no había nada sobre ese tema, entendí que quedaba librado al acuerdo entre las partes. Recordé que, en la entrevista online, a Josephine Oliver se la veía contenta conmigo, era una señora de unos cuarenta y pico, voz musical y fácil de tratar, práctica, dijo que le había gustado mi perfil y que, al conocerme por videollamada, estaba convencida de que su casa y sus mascotas iban a estar protegidas. Eso me ayudó para hacer a un lado los temores y pude sentirme más a gusto, progresivamente, el resto de la estadía.

Creo que estuvo llamando, comunicaba el nuevo mensaje escrito de Mary.

¿Cómo sabés?, pregunté.

Porque llama y corta desde antes de ayer. Habrá visto estos últimos días que volvían a encenderse las luces de la casa, apagadas durante las tres semanas anteriores, y se habrá avivado. Algunas veces atendí yo, otras fue tu mamá, ella por suerte piensa que es alguien equivocado, completaba mi prima en un mensaje de audio. Raro, dudé, mamá deja encendidas algunas luces para disuadir a posibles ladrones cuando viajamos. Sin embargo, estoy segura de que es él, escribió al rato, como si hubiera seguido dándole vueltas al asunto. ¿Por qué? Porque respira, se queda escuchando, no dice nada como disculpe, marqué mal. Tiene que ser él. Seguramente. Nunca le respondí el último mensaje que me mandó al celular antes de mi viaje a Inglaterra, lo borré sin leer cuando vi que era de Ricardo. También borré su número de teléfono de mi lista de contactos para no tentarme de escribirle en algún rapto. Y marqué su dirección de mail como spam: elimino todos los de esa casilla en forma masiva sin mirar. Es nuevo eso de que llame a casa, pero ante la desesperación de no dar conmigo, no descarto que lo haga.

La primera vez que nos citamos con Ricardo fuera de clase, fuera de hora, debió ser fines de septiembre de ese año, poco después de aquel trayecto en su auto. Mientras salíamos del aula, me preguntó si le aceptaba un café en el bar de al lado de la Alianza, uno que está justo abajo; me tomó por sorpresa, dije sí, me sentía en deuda por el rescate de la tormenta. Con lo lindo que estaba el clima, me extrañó que, en lugar de sentarnos en las mesas de la vereda, entre las macetas y las guirnaldas con lucecitas que iluminaban las primeras horas del anochecer, él me guiara —sin consultarme— hasta el fondo del bar y se instalara en la mesa más alejada de la entrada, la más arrinconada posible. Tardamos mucho en decidir qué tomar para terminar eligiendo un simple cortado cada uno. Nos costaba encontrar de qué hablar, y él terminó sacando un tema de conversación cualquiera, aunque lo que yo en realidad esperaba era la explicación de por qué me había invitado.

La segunda invitación cayó un par de semanas después, bajo la excusa de que, a pesar de haberle dado mis apuntes de una clase a la que había faltado, no entendía la diferencia entre el indicativo y el subjuntivo, o algo de esa índole. Nos sentamos otra vez en el fondo, en la mesa más escondida, cerca del baño; por momentos, cuando esa puerta se abría, venían unos efluvios fétidos, mezcla de cañería y lavandina, pero me concentré en la explicación de gramática y en el jugo de naranja. Repetimos el encuentro unas dos o tres veces más antes del receso de las fiestas y de las vacaciones. Ya con el calor del verano en ascenso, me irritaba la insistencia de atrincherarnos ahí atrás, apartados de las ventanas, bajo una luz artificial absurda, si en la calle el día se extendía hasta bien tarde y empezaban a sentirse los perfumes del verano: el jazmín en particular, el jazmín, con lo que me gusta.

En una de las ocasiones, cuando vi que se dirigía derechito hacia atrás, con timidez sugerí a sus espaldas: ¿por qué no nos sentamos en las mesas de la vereda? Lo pregunté en un tono tan leve que no estaba segura de si él me había oído, pero dijo que el calor le bajaba la presión, era mejor adentro, con el aire acondicionado.

Trato de hacer memoria: ¿de qué hablaríamos? Sé que le interesaba mucho el tema de que mi padre fuera un artista y siempre me pedía que le mostrara mis últimos dibujos, pero aparte de eso y de las particularidades de cada clase, no logro recordar con qué nos entreteníamos en ese sitio. Quizás me hablaba de su abuela y de cómo había quedado a su cargo a los quince o dieciséis años, después del accidente de tráfico en el que había perdido a sus padres: lo más doloroso era que solo él se había salvado. No había podido borrar nunca del todo las imágenes del momento en que el camión se cruzaba en la ruta, la maniobra del padre, los alaridos de la madre, el estallido de vidrios, despertarse en un hospital, saber que ellos se habían ido y que él, pese a una contusión cerebral, seguiría vivo. Era hijo único. Me mostró una cicatriz arriba de todo en la frente y otra en la muñeca derecha. También contaba anécdotas del servicio militar que le tocó hacer un par de años más tarde y la desgracia de haber participado en la Guerra de Malvinas, eso le había dejado pesadillas recurrentes y secuelas severas que por suerte ya había superado, aunque no estoy segura, porque las traía demasiado seguido a la conversación. Me parecía que ese asunto pernoctaba en alguna región adormecida de su pensamiento, igual que el accidente, y casi se oía el zumbido residual de avionetas y balas como trasfondo de todo lo otro que relataba.

Solía comentarme cosas de su trabajo como contador, profesión que había seguido por incentivo y ayuda de un tío que lo había apadrinado, ya que él no sentía especial inclinación por nada. ¿Nada de nada? La verdad es que no, respondió más de una vez. O de la relación con sus clientes belgas, para lo que le servía el francés. Decía que envidiaba mi inglés, ya que le habría sido más útil aún. Le ofrecí ayuda si precisaba.

Tampoco tengo idea de cuánto duraban aquellos encuentros, no mucho, porque los dos debíamos llegar a nuestras casas a la hora de la cena y el curso terminaba a las siete. Hasta ese momento él no me había dicho si seguía en lo de su abuela pero sabía perfectamente que alguien lo esperaba, mientras que yo sí pronto admití, con gran pudor, que todavía vivía con mis padres. Para mi tranquilidad, no indagó en el por qué una mujer de cuarenta años con trabajo —aunque fuera trabajar para su padre— no se había independizado nunca. En cualquier caso, nuestra relación quedó signada por esa manera huérfana de expresarnos, donde lo no dicho era como un lienzo sobre el que goteaban las palabras o gestos aislados, arrítmicos, sin contundencia.

Al terminar el año académico, se organizaba una salida de todo el grupo a festejar después de los exámenes. Ricardo no pudo ir, yo llegué tarde, cuando los demás ya habían pedido lo que iban a comer, me senté en la esquina de una mesa larga toda ocupada. No me atraen en absoluto esos encuentros, siempre siento que sobro, que los demás no notan ni se interesan por mi presencia, pero la psicóloga a la que estaba viendo en esa época me había obligado, recetado dijo ella, a salir de casa con gente que no fueran mis padres o mis únicas dos amigas de toda la vida.

—Esta vez es una orden, Dorothea.

Sabía que tenía razón. Me era imprescindible poder socializar, superar este recogimiento espantoso que me acobarda desde que nací y que cada vez me volvía más enrulada sobre mi pequeño mundo, más comprimidamente fetal. Solo en actividades académicas, como lo del francés o los idiomas en general, porque tengo facilidad y me encantan, o en el rol de asistenta de papá, que desempeño con la solidez de varias décadas en lo mismo, me muevo con un grado razonable de seguridad; ahora, me desplazan de ese papel específico y pierdo toda consistencia, me voy contrayendo sobre mí misma como un plástico expuesto al fuego. Razón de más —reforzaban la psicóloga y Mary con sus llamadas de ultramar, sin estar enteradas de que las dos opinaban igual— para que confíes en adquirir esa soltura en otros círculos.

Ya es tarde, tengo cuarenta.

Nunca es tarde.

Vas a vivir cuarenta o cincuenta más, así que dale.

Desde que enviudó, después de un tiempo de profundísima tristeza porque adoraba a su marido —realmente juntos formaban la pareja más interesante que conocí jamás—, Mary se reinventó. Además de que ha seguido dando clases de literatura en escuelas secundarias hasta hace poco, el resto del tiempo se apoya mucho en las amigas con las que juega al bridge, tiene el club de lectura semanal, el grupo de crítica de arte con el que visitan museos o toman el té, y otro con el que hacen gimnasia o salen a caminar. Si no arma plan con unos está con otros, siempre contenta.

Obedecí, fui, me obligué, me senté en esa punta donde casi no cabía otra silla, a medias fuera del grupo, casi a espaldas de los demás, me aferraba a la idea de que igual podía poner alguna excusa e irme de repente, o irme incluso sin decir nada, total no se darían cuenta. Pedí una Coca; ante los que estaban más cerca y me ofrecieron pizza, me disculpé por falta de apetito.

Entonces alguien preguntó, desde alguno de los otros extremos de la mesa —alguien a quien no distinguí— si Yuyo no se sumaba a la salida.

—Hay que ver si aprobó el examen —respondió otro, algunos se rieron.

—Lo más probable es que no.

—¿Quién?

—Yuyo, Yuyito.

—¿Quién es?

—El tipo ese flaco, medio pelado y con el pelo teñido, que nunca habla y la pasa horrible cuando la profesora le pregunta, ¿cómo se llama? —El que hablaba me miró a mí, o tuve esa impresión. Retrocedí hacia la sombra.

—Ah, el tartamudo. —Una voz lo imitó, de nuevo se rieron.

—¿Por qué le dicen Yuyo? De apellido es Grau, ¿no?

—Exacto, Yuyo Grau. Le pusimos Yuyo porque es una planta. O ni siquiera.

43

Festejaron la idea. Quise hundirme en la vereda. Al mismo tiempo otra voz interna, apagada, me rogaba: deciles, contales cómo fue la historia de Ricardo, lo desprecian porque a ellos no les pasó de ver morir a sus padres y salvarse. Refregáselo en la cara a ver si siguen burlándose, esta gente bien con la vida solucionada. A ver si alguno de estos tontos tuvo que matar a otros soldados por la patria, seguro que no.

—Para mí es Camilo Canegato —dijo alguien cerca de mí.

—¿De la tele? —preguntó otro, pero las voces y las risas del grupo se llevaron la respuesta.

Yo sabía, sé, quién es Canegato. Leí esa novela más de una vez, es de los pocos libros interesantes que hay en mi casa; alguien que solo leyó la contratapa debió regalárselo a papá creyendo que lo elogiaba porque Canegato es un pintor.

—Qué malos, che, está muy mal. —La chica que dijo eso, justo a mi lado, me miró inmediatamente y me pareció que hacía un gesto a los demás de que la terminaran. Debían estar al tanto de que nos tratábamos, que me pedía los apuntes. Quizás incluso nos hubieran visto en ese café. Cambiaron de tema, por lo menos en mi rincón de la mesa.


Apenas dejé las cosas ordenadas y las mascotas alimentadas, esa primera mañana en Saint Albans trabajé en la computadora un rato. Tenía atrasados muchos correos sin responder y pagos de servicios que hacer en la web. Después de comer, salí para conocer los alrededores: en zapatillas, con una riñonera y actitud olímpica, caminé rápido dentro de los límites aerodinámicos que el formato dorotheico permite. Inicié un paseo alrededor del lago en el que flotaban unos patos y en cuyos bordes ya habían florecido los narcisos de la temporada.

Como a la hora me senté a descansar en unas reposeras públicas de lo más bonitas que había en el parque: me hizo gracia pensar que en Argentina no durarían ni medio día, se las robarían en el acto. Había comprado maníes para darles a las ardillas: aparecieron enseguida, al principio algunas pocas, después muchísimas. Por las carreritas sigilosas y la manera abrupta de robarme los maníes me hicieron reír a carcajadas; con tal de quitarme la comida, las muy traviesas se me subían hasta la cintura y se me colgaban de los brazos.

Eso me recordó que después de la tortuga pasamos por el episodio del hámster. Lo habían traído de recién nacido, íntegramente blanco, la nariz y la boca muy rosadas, mínimo. Yo quería llamarlo Pompón, Enrique decidió que Demonio, nos peleamos, al final intervino papá y logró consenso: Mouse. Enrique siguió llamándolo Demonio cuando no lo escuchaban los adultos, me hacía rabiar aunque dejé de discutir porque sabía que ese era su propósito: molestarme. Nos habían dado permiso para tenerlo un día en cada cuarto; por lo general lo manteníamos dentro de la jaula y podíamos sacarlo de a ratos siempre que fuera en los límites de la habitación, con la puerta bien cerrada. Yo lo acomodaba en camitas que le armaba con pedazos de tela, le cantaba canciones de cuna, lo miraba roer su alimento. Volvía de la escuela desesperada por jugar con él, le hablaba como a una persona, hacía las dos voces: la suya y la mía. Formalmente lo había designado mi mejor amigo, como leí que hacían en sus historias Roald Dahl y Beatrix Potter.

Una tarde llegamos con mamá de la calle, papá miraba televisión medio dormido en el *bergère* del living, Enrique en su cuarto había desplegado una pista de autos. Entré para ver qué hacían él y Mouse, pero descubrí que no estaba en la jaula, mi hermano alzó los hombros, no tenía idea, él lo había dejado ahí, ¿ahí dónde?, ahí, qué sé yo, nena. Luego de buscar en algunos rincones, di el parte de que faltaba. Los cuatro nos pusimos a rastrearlo, se hizo de noche sin novedades. Durante la cena no se habló de otro tema: dónde podía haberse escondido, si habría salido a la calle, no estaba acostumbrado, iba a perderse seguro. Me angustiaba imaginarlo solo, atacado por los perros, los gatos, o atropellado, descuartizado contra el pavimento.

¿En el lavadero miraron? En determinado momento, Enrique se levantó de la silla, señaló hacia el fondo.

Yo miré, no vi nada, dijo mamá, alerta. Vayamos a ver de nuevo, por si acaso.

Mi hermano lideró el camino, como los investigadores tras la pista de un crimen, papá se quedó en la mesa viendo televisión. Nosotros tres buscamos entre la ropa sucia, la ropa limpia, los baldes, escobillones. Mamá incluso trajo una linterna.

¿Y si se metió en el lavarropas? Enrique, cansado de la espera.

¿Cómo podría estar ahí si tiene la puerta cerrada? Hay sábanas adentro.

No sé, capaz entró, se durmió y alguien puso a lavar esas sábanas sin querer, yo qué sé, digo, insistió él. Abrió la puerta asfixiada del lado de adentro por el vapor.

Puse las sábanas ahí pero nunca encendí la máquina, aseguró mamá nerviosa, empujó a Enrique y se abalanzó sobre la ropa mojada, la olió. Yo me agaché y la copié, retiré la cara asqueada y me agarré la nariz con los dedos: tenía ese olor raro de las prendas encerradas con agua un largo rato.

Cuando mamá tiró de la tela, una punta enredada cayó más pesada, hizo plaf contra el suelo, se apuró a desenvolverla, nos asomamos por encima de ella y ahí estaba, Mouse ahogado. Di un grito de horror. Mamá giró lentamente la cabeza hacia Enrique, le clavó una mirada asesina: Sos…, sos, no le salieron los adjetivos, se le replegaron los labios en una contorsión de furia. No hice nada, no hice nada, se defendía él sin parar. Inventó historias de todo tipo, unas se contradecían con otras, todas fallaban. Mamá llamó a papá y, creo recordar, él lo arrastró de un brazo, lo dejó en penitencia sin postre, lo amenazó con no llevarlo ese fin de semana al circo para el que ya teníamos entradas. Como mi hermano le hizo qué me importa con los hombros, papá redobló la amenaza: y además lo iba a poner al cuidado de don Mario, un viejo vecino gruñón que nos daba miedo. No sé cómo siguió la historia, pero sí me quedó grabado que ese sábado fuimos los cuatro a ver la función y que a la salida nos compraron un peluche a cada uno. Enrique se eligió un ratón.

Sentada al sol, saqué mi cuaderno de bocetos, empecé a garabatear. No habrían pasado ni quince minutos cuando vino a sentarse al lado, en otra reposera, una señora robusta, aunque con una cabeza mínima en ese cuerpo grande, de pelo corto negro y piel muy blanca, y una edad, intuí, similar a la mía. Mientras hacía malabares para bajar y acomodar la gran masa corporal a la altura de la silla, instintivamente se la sostuve del costado porque temí que la endeble estructura no aguantara el peso. Ese gesto mío dio pie a que, acalorada por el esfuerzo, me agradeciera y se pusiera a hablarme sobre las dificultades de remolcar semejante carga; sonreí pero no contesté. Me preguntó si era nueva en el vecindario; cuando le expliqué, dijo que la casa de los Oliver quedaba cerca de la suya, quiso saber qué dibujaba y si era artista. Quiso saber todo eso junto, casi en la emisión de un solo aliento. Le respondí que no, que solo garabateaba por costumbre, se interesó por ver el cuaderno, extendió las manos para que se lo entregara como una maestra que reclama la tarea de un alumno. Me resultó extrañísimo, la verdad, que alguien sin conocerme pudiera requerir de mí tantas cosas con semejante determinación, por no decir desfachatez. Evidentemente, ella estaba en su territorio y yo era la visitante, eso altera las posturas de cada uno, pero esta señora, una tal Lilian Duncan, según se presentó, se mostraba mucho más desinhibida y sociable de lo que me parecía normal. ¿Y si la había mandado la señora Oliver para que me siguiera, me evaluara y le confirmara que yo era tan confiable en persona como le había resultado cuando tuvimos un único encuentro virtual? En ese caso, el primer problema era que me encontraba fuera de la casa, relajada al sol, en lugar de estar cumpliendo con mis tareas.

—¿Cómo puede negar que usted sea una artista? —dijo con el cuaderno abierto a la mitad y cara de reto—. ¡Mire! ¡Mire esto! —Al girar la página encontró el dibujo de unas granadas con aspecto de pulmones humanos y tentáculos de pulpo en colores pastel—. ¡Madre mía! Es una puta maravilla, con perdón. ¿Puedo preguntarle honestamente por qué dice que esto no es arte? ¿Lo copia de alguna parte?

Su aceleramiento me resultaba gracioso; alcé los hombros, torcí el labio, me intimidaba.

—No, no, son tonterías mías.

Apoyó el cuaderno sobre sus piernas, clavó sobre mí unos ojos azul pálido chiquitos, dentro de unos párpados lisos y tensos como de muñeca; se quedó un rato así, remarcando con todo su cuerpo un estado de desconcierto. No la entiendo, dijo al fin, muy seria, como si la hubiera decepcionado. Comprendí que en su cabeza pasaban varias ideas a la vez. La ubiqué en la lista de esas mujeres que entran directamente a un baño de hombres en cualquier lado con tal de no perder tiempo.

Siguió hablando, había cambiado de tema, explicaba que la familia de Mrs Oliver era tan pero tan perfecta que no había nada que contar, como si yo se lo hubiera preguntado. En cuanto a su situación, estaba felizmente casada, era madre de tres hijos ya grandes, el menor tenía dieciséis, el único que seguía todavía en la casa, los otros dos le llevaban mucha diferencia de edad, porque este había llegado cuando ya no lo esperaban. El chico estaba en esa edad tan difícil...

—¿Usted tiene hijos?

Dije que no. Reconoció estar agotada, después de tres, no es que quisiera que se fuera él también como los otros a la universidad y eso, pero por momentos, en medio de las batallas por las malas notas del colegio, las contestaciones despectivas, los encierros eternos en el cuarto o en el baño, las compañías con las que andaba, la música atronadora que escuchaba, a ella le daban ganas de meter la cabeza en la tierra como un avestruz y no tener que hacer nada. Nada. Nada, enfatizó. Los hijos cansan. Además, para el tercero ella habría querido una hija mujer, en cambio vino otro varón.

—Lo único, bueno, no lo único, pero una de las cosas que más me gustan de Stephen en este momento es que pinta, vuelca mucho de su mundo interior ahí, hace caricaturas, viera qué bien. Igualmente le faltaría tomar clases, que alguien le enseñe como corresponde, le muestre las técnicas... Se niega rotundamente. —Dejó caer la espalda, un tanto encorvada, sobre el respaldo de la silla con pesadez. Ese descanso no duró un segundo, enseguida estaba recta de nuevo, mirándome con esos ojos de pajarito estresado—. ¿Cuánto tiempo se queda?

—Unos días más, cinco, creo —le contesté indecisa, a la defensiva, empezaba a ver por dónde iba.

—Entonces usted podría...

—¡No! —La negativa me salió más cortante de lo que pretendía, rápidamente bajé el tono y la vehemencia—. Ya le dije que no soy artista ni profesora ni nada. Solo dibujo paisajes imaginarios, flores y legumbres estrafalarias.

—¿Me lo va a explicar a mí? Lo que usted hace es arte botánico, y de lujo. Podría ilustrar libros, vender su obra en tiendas de museos, exhibirla...

Me cubrí la boca con la mano para ocultar un inicio de risa. Estuve a punto de corregirla pero me frené para que no se volviera intensa, no me interesaba ese tipo de discusión. Efectivamente se había molestado: me recriminó si creía que porque ella era ama de casa y carecía de estudios no podía ser capaz de reconocer una obra de arte.

—Para nada —la calmé—, me hace gracia porque usted enfatiza tanto sobre unos bosquejos simples, me río de que me considere..., lo mío es...

Me puse de pie, ella hizo lo mismo, las dos nos sacudimos el pasto que se nos había pegado al pantalón. Caminó conmigo, casi pegada, como si nos hubieran cosido, lo que me obligó además a ir a su ritmo, pesado y lento. Cuando llegamos a la calle de cemento e intenté separarme, vino también, aunque su casa —explicó— quedaba en la dirección opuesta. Sinceramente en ese punto tuve miedo, no sabía cómo actuar, de qué forma sacármela de encima. Después de algunas cuadras, anuncié que iba a entrar a la veterinaria, se me había acabado el pienso de los gatos, dije ya con una mano en el picaporte de la tienda: empujé la puerta, sonaron las campanitas. Pareció confundida pero me saludó, retrocedió y se alejó hacia el otro lado, torcida y renga.

Una vez dentro de la veterinaria, cuando el dependiente me preguntó qué necesitaba, le contesté que había pasado a buscar pienso pero ahora no me acordaba de la marca, iba a tener que fijarme en casa y volver. ¿Usted es la señora que cuida a las mascotas de Mrs Oliver? Porque sus gatos comen de este, me señaló una bolsa. Tuve que comprar una bolsa aunque no hiciera falta. Aproveché y le comenté que acababa de conocer a una vecina, Lilian Duncan. El hombre asintió, se sonrió, me dijo que sí, que la había visto por la ventana, ella hacía atender a su perro ahí. Eso me alivió, por lo menos no era una demente anónima que perseguía a la gente con los típicos cuentos del tío para meterse en las casas y atracar.

—Simpática —comenté.

—Un personaje. —Volvió a sonreírse de esa forma que usamos cuando le tenemos cariño a alguien que nos resulta cómico o entrañable—. Un personaje —repitió.

No tenía idea de qué quería decir con eso, pero tampoco había motivo para preguntar más. ¿Qué podía consultarle: si la mujer era una neurótica y estaba obsesionada con el hijo menor y sus obras de arte? Me fui con la bolsa de alimento que no necesitaba y poca claridad con respecto a la señora Duncan.

De vuelta en la casa, cuando junté fuerzas busqué en mi bolso la carta que Enrique me había mandado a Londres y que con todo el estrés del viaje había olvidado. O mejor dicho, había pospuesto adrede. Me intranquilizaba lo que pudiera contener ese sobre de papel abultado cuando normalmente solo me mandaba unas postales planas con exiguas palabras en el dorso; no quería que me arruinara el viaje apenas comenzado. Esos días, con la carta sin abrir en la cartera, había estado fantaseando sobre lo que podía querer decirme: exigiría dinero porque lo habían echado de su último trabajo y no tenía para comer, aunque es demasiado orgulloso para eso; en los más de treinta años que lleva vagando por el mundo, jamás pidió dinero, tuve que reconocer. Tal vez anunciaba que se casaba en la India y se convertía al hinduismo; que se había encerrado en una secta religiosa de Arkansas y había sido víctima de una feroz estafa, ahora se reponía en una clínica de rehabilitación para toxicómanos; que había tenido unos hijos en Cuernavaca a los que nunca veía y enfrentaba un juicio por no pasarles la cuota alimenticia; que el consulado en El Cairo lo había encontrado tirado en la calle, drogado, perdido de alcohol, viviendo como un sintecho, y solicitaba el reembolso de un pasaje para repatriarlo. Cualquier cosa era esperable. Incluso temí que pudiera estar avisándome de una enfermedad terminal: sida, cáncer, cirrosis.

Enterado por Mary de mi «proyecto» (yo la había autorizado a contárselo ya que mi hermano se comunica mucho más seguido con ella), quizás me reclamaba que hubiera abandonado a nuestros padres cuando por primera vez en la vida era yo la que se desplazaba, aunque no creo que a Enrique le importe un perno quién se ocupa de mamá y papá.

Intenté volver a quitármelo de la cabeza, guardé el sobre en el bolso, pero a cada rato me volvía la idea. En determinado momento, no pude con mi genio y lo abrí: en efecto, era un rollo de papeles, cuatro o cinco hojas amarillentas escritas a mano. Me pareció que traían olor a viento con sal, o humedad. Solo pasar la vista por encima de esa letra afilada, llovida en punta hacia la izquierda como una galaxia de espinas antisociales, cubriendo de esquina a esquina cada hoja, me produjo ansiedad. Inspiré, reposé la mano con los papeles sobre la falda, me quedé como juntando fuerzas. Tenía todo el derecho de hacerlo esperar: me pasé la vida esperando a mi hermano, ¿por qué no podía ahora tomarme el tiempo que hiciera falta para leer cuando me viniera mejor y, en caso de tener ganas, eventualmente contestar? O no, dejarlo sin respuesta también era una opción, como él hizo conmigo, con nosotros, en suficientes oportunidades.

Porque no, me respondí en voz alta, porque soy incapaz de algo así, me resigné y leí. Antes, busqué las fotos que incluía siempre en esos envíos: una postal de la ciudad donde estaba viviendo y una foto hecha con su cámara de alguna escena botánica elegida para mí. De sus recorridos por países exóticos, solía mandarme plantas raras, flores inusuales, tomates rojos deformes y hasta casi negros, más similares a calabazas de Halloween que al tomate común, papas color violeta, berenjenas chinas, pepinos con retorcimientos y tamaños inconcebibles, setas alucinantes, árboles cuyas ramas o troncos se enroscaban de una manera tan pasmosa que parecían parte del decorado de una película de Tim Burton o Wes Anderson.

Árbol persona, me escribió una vez detrás de la foto, en uno de sus primeros viajes, cuando teníamos veintipocos años. Árbol fantasma, le respondí yo con la misma opacidad arisca con que él acompañaba esos envíos, y le adjunté una copia —no literal sino bastante recreada— que hice de su foto con lápices de colores. Así empezó nuestro intercambio: cada tanto él me mandaba una imagen, yo la reproducía y se la devolvía a la casilla de correo que me indicaba. Casi no hablábamos, al principio lo intenté con cartas largas, sentidas, imprudentemente emocionales. Pronto me di cuenta de que causaba el efecto contrario, cuanto más preguntaba por él o le contaba de nosotros, más se demoraban sus respuestas y más telegráficas se volvían.

Primero revisé la carta rápido, para enterarme en líneas generales de qué quería. Nada grave como había previsto, aunque tampoco sencillo, hacía falta no solo leerla en detalle otra vez, sino además meditar lo que proponía, algo particular, rebuscado, si bien de pronto parecía tener en cuenta mi opinión o mis intereses. En la postal: Oslo otra vez. Si no me fallaban los cálculos, era la base más firme de todo su destierro, aunque en el medio anduviera embarcado para un lado y para otro, a Oslo volvía siempre los últimos años.

En la otra foto venía un ramo de flores muy peculiares, del estilo de las hortensias pero explosivas, gloriosas, de un color violeta rotundo que jamás había visto, y pensé dibujarlas como un conjunto de flores-uvas, que no fueran del todo flores ni del todo uvas, y un poco derretidas como el reloj de Dalí.

Cuando a la mañana siguiente salí para dar otra vuelta, esta vez hacia el lado de la catedral y el centro histórico donde era día de mercado al aire libre, encontré a Mrs Duncan que venía de la veterinaria con su perro. La saludé de lejos, amagué torpemente a simular que me olvidaba algo adentro y tenía que volver a entrar, pero me llamó a los gritos y vino al trote hacia mí —los rollos de la cintura y los pechos subían y bajaban dentro del buzo con espesa soltura—, de modo que preferí quedarme fuera con tal de que no se metiera en la casa. Me preguntó adónde pensaba ir, como no encontraba escapatoria, le comenté; ella también iba de compras a la feria, qué casualidad, dejo el perro y la acompaño, decidió, total mi casa queda de camino, ¿vamos?

Varias veces consideré perderla entre los puestos del mercado, fue imposible, siempre tenía uno de sus ojos hiperactivos puesto en mí, me presentaba a los vendedores de tortas, dulces y pescado, todo en simultáneo; entreverado con el vocerío del lugar, el pitido de su voz destacaba como el flautista de Hamelin. De haber estado sola, encantada me hubiera detenido a deleitarme con la visión de esos quesos regionales, los panes artesanales, los aromas revueltos del curry, la canela, las semillas de mostaza, el jengibre, la menta, la cúrcuma, el cilantro, exhibidos en grandes cestos de madera, qué belleza. La velocidad de mi guía no permitía disfrutarlo. Conocía a todo el mundo, o al menos se esforzaba por darme esa impresión. Solo cuando pasamos delante de unas mesas con pequeñas banderas de la Union Jack, donde un reducido grupo de gente más bien joven repartía unos folletos contra el Brexit, Lilian aceleró el ritmo y miró marcadamente hacia el otro lado. Vi sobre la mesa unos carteles escritos a mano que decían cosas como *Yes 2 EU* o *Better together*, y una pila de etiquetas adhesivas con el lema *Stop Brexit*. Uno de ellos hizo el ademán de dialogar conmigo, pero dije estar muy apurada para llegar a una reunión. Una vez que los habíamos dejado atrás, la mujer me explicó, con un mohín de asco y abundante gesticulación de la cabeza porque tenía las manos ocupadas con las bolsas, que esos miserables proeuropeos eran unos traidores disfrazados de progresistas que no entendían nada de la realidad. Hablaba tan rápido que me costaba seguirla y algunas palabras se me eclipsaban. Idiotas pretenciosos sin cabeza que sermoneaban sobre la importancia de mantener atado algo que no funcionaba, ni valía la pena escucharlos.

En el último intento por zafarme le expliqué que quería visitar la catedral, suponiendo que ella la conocía de memoria y no le interesaría, menos con esas dos bolsas sobrecargadas. Insistió en ser mi escolta. Para la hora del almuerzo, empezamos el camino de vuelta y se puso a rogarme que fuera a comer con ella y con el hijo, el marido no estaba. Así me mostraba los benditos diseños del chico. Ah, qué pocas ganas me daban, pasar tiempo con esta mujer excesivamente amigable que, poseída por una verborragia imparable, a todas luces sufría demasiado no tener con quién compartirla, y un adolescente que imaginaba con un aro en la nariz, un brazo cubierto por tatuajes, ropa negra y una abulia a prueba de sismos.

No supe cómo negarme, puse como excusa los animales, sobre todo pensando que, si en efecto la mujer era una enviada de Mrs Oliver para controlarme, tenía que hacer ese papel. No hubo manera, me remolcó a la casa, más chica y modesta que la que yo cuidaba, aunque muy inglesa y cálidamente desordenada; costaba moverse adentro sin tropezarse con botines, pelotas, guantes. Sacó de la heladera varias cosas para comer, llamó al chico, que tardó en bajar y se sorprendió al verme. De aspecto no se parecía nada a lo que había esperado: era muy alto, flaquísimo, salpicado de acné y estaba bien vestido. En cuanto a la abulia, bueno, resultó ser peor. No hablaba, mantenía la mirada fija abajo y la levantaba apenas para contestar a la madre con monosílabos, por más que ella le lanzara todo tipo de preguntas con ese timbre cada vez más agudo; no solo los ojos movedizos eran de pájaro, también la voz, que ante la indiferencia del hijo se disparaba más alto hasta alcanzar un chillido inaguantable. Nos hablaba a él y a mí a toda velocidad, cruzando el interrogatorio entre uno y otro para obligarnos a dialogar, cosa que probé apocadamente sin sacar del adolescente más que dos «no» y un asentimiento de cabeza.

En un impulso por decir algo, se me ocurrió mencionar que mi padre era artista, que en su juventud había sido discípulo de L. S. Lowry en Manchester… ¿Para qué? Me arrepentí al instante. Mrs Duncan se puso a rebotar en la silla: sabía todo de Lowry, extraordinarísimo pintor al que su propia madre había despreciado y maltratado vilmente, y al que la crítica pérfida le había dado la espalda tantísimos años llamándolo «el artista de la soledad» o «el pintor de los domingos». Le faltaban el respeto sin ningún fundamento cuando decían que su obra —«llena de personitas como fósforos en escenarios industriales», imitó a la gente que lo decía con voz impostada— parecía un trabajo de párvulo y solo era digno de colgarse en marcos baratos en un pasillo de porquería. ¡Mentira!, ¡mentira!, ¡caraduras!, ¡ignorantes!, chillaba mientras corría por la cocina apremiada por prepararnos un té que no le habíamos pedido. De pronto empezó a declamar con vehemencia eufórica que claro, por supuesto, después se habían tenido que retractar, habían reconocido lo genial que era el señor, y a revalorizar y cotizar su trabajo cuando ya no iba a disfrutarlo; sin embargo, al menos se hacía justicia.

—Su padre, su padre, Miss Dodds, fue un visionario si eligió a Lowry como maestro. —Salió despedida a revolver en los cajones para mostrarme un calendario con las ilustraciones del artista.

El chico solo quería irse, yo también, nos miramos casi con complicidad y abatimiento. Entonces él se sonrió muy levemente y me preguntó:

—¿Su padre le enseñó a dibujar? ¿Es su discípula?

Negué con la cabeza: solo soy su asistente, lo ayudo en los temas prácticos.

—¿Temas prácticos como qué?

—Empecé cuando tenía tu edad a contestar su correspondencia postal y mucho después por email, copiaba lo que me dictaba, pasaba en limpio, traducía del inglés al español, leía sus textos críticos y proponía cambios. Copista, amanuense, traductora…, como prefieras llamarlo. Llevo, a ver —hice la cuenta—, unos cuarenta y dos años en esto, eso quiere decir que empecé en…

—1975 —completó el chico a una velocidad que me dejó pasmada.

—Guau, exacto, por ahí. Yo tendría eso, dieciséis, diecisiete.

—Como vos, Stephen, como vos —dijo la madre al chico desde el otro extremo de la cocina—. Como Stephen —me dijo también a mí, ya desde más cerca.

—Lo sé. Además, manejo la economía de la casa, los contratos para la venta de sus obras o exposiciones, los envíos internacionales, sabés que un cuadro no se sube a un avión así nomás, es bien complicado, está todo el tema de los seguros y la temperatura ambiente en que debe ser alojado.

También escribimos juntos textos que le piden para catálogos de otros artistas o de su propia obra, contesto entrevistas que le hacen por escrito…

—Su secretaria —resumió el chico sin vueltas. En ese momento confirmé que le notaba ciertos rasgos y gestos muy suaves, casi femeninos.

—No encontré el calendario —pasó ella como una ráfaga junto a la mesa hacia la cocina otra vez—, cuando lo encuentre se lo alcanzo, se lo regalo.

Ignoré ese comentario y le respondí a Stephen:

—Eso. Aunque me gusta más decir asistente. —Le guiñé un ojo.

—Y bueno, así habrá aprendido lo que nadie, imagínese lo que debe saber —gritó la madre por encima del silbido de la pava eléctrica.

—A papá no le gusta mucho salir de casa, de su taller, pero toda vez que es indispensable viajar, soy su acompañante operativa, coordinadora de las gestiones en los hoteles, los aeropuertos, el nexo con los galeristas.

—Figúrese —Lilian depositó la bandeja con tés y unas galletas que parecían de avena en la mesa—, es toda una profesional del tema, debe tener muchísimos contactos…

—Olí su interés.

—¿No le pidió que le enseñara a pintar, nunca? Sus bocetos son muy buenos —comentó el chico, la madre me había obligado a mostrarle el cuaderno que llevo encima por si descanso en algún momento durante mis salidas. Mary me regaló un sobre en el que caben de un lado el cuaderno y del otro, prolijamente enganchados, los lápices grafito o los acuarelables. Cuando estoy en casa les doy color con óleos, gouache o acuarelas.

—Debe venir por la sangre ese talento —decidió ella, que se puso a buscar información sobre mi padre en su teléfono.

Obvié su comentario de nuevo y le respondí al hijo:

—Sí, solo que a él no le gustaba enseñar. No le gusta, ahora menos.

Hubiera querido agregar que a mi hermano sí, a mi hermano lo atormentó durante años para que recibiera sus lecciones, siguiera sus pasos, convencido de que iba a superarlo. Henry Dodds sería más Dodds que Robert, solo que a Enrique no hubo forma de interesarlo lo más mínimo; cuanto más le insistían mis padres, más se resistía cual endemoniado.

¿A quién le importa la pintura?, no me interesa una mierda ser pintor, Enrique con ocho, nueve años, a los alaridos. Una vez —quizá más— atravesó el lienzo con el puño, empujó el caballete con tal brusquedad que rompió un frasco con agua donde papá limpiaba los pinceles. En otra ocasión —posiblemente fue el último intento— terminó con papá partiéndole un bastidor en la cabeza, aunque solo consiguió que al chico le diera un ataque de risa macabra y fuera a quejarse con mamá.

Papá, si a Enrique no le interesa pintar, a mí sí. Yo, muy encogidamente, a los ocho, a los nueve.

Más adelante. Podría ser. Vos sos mi reina, ¿sabías? ¿Alguna vez te lo dije?

Todos los días, pero quiero aprender. Enrique no.

Es que él no es consciente, hija, del talento que tiene. Va a continuar nuestro apellido, lo va a perpetuar entre los grandes. Quizás todavía es chico, hay que esperar.

Si no me caso nunca, también puedo continuar nuestro apellido.

Enrique aparecía tarde o faltaba a las clases. Adrede rayaba monigotes infantiles, mamarrachos monocromos, desparramados sobre la tela a las apuradas, impaciente por irse, hacía todo mal, con una rabia endémica.

—Había visto la obra de su padre antes, por supuesto, pero no tiene mucho que ver con Lowry, digamos, por eso no lo relacioné —dijo ella mientras con el índice pasaba imágenes en la pantalla; el chico se asomó por encima de la madre para mirar también y estuvo de acuerdo.

—Bueno, si lo estudia detenidamente sí se encuentra una sutil trayectoria familiar de Dodds con Lowry y con el maestro de Lowry, un francés, Alphonse Valette. Los tres vivieron en Manchester. Todos de algún modo crean atmósferas urbanas industriales, solo que papá, al llegar joven a la Argentina, recibió además la influencia de la corriente porteña de la Boca, otro entorno fabril y portuario.

Mrs Duncan logró que el chico me llevara a su cuarto, en la segunda planta: había moqueta en los pisos y empapelado de flores en las paredes de casi toda la casa. Era cierto que Stephen dibujaba bien, más que nada con biromes de colores, unas caricaturas con aire de graffittis o un estilo de arte callejero. Hablamos de Banksy, estaba muy informado sobre su trabajo. Después de hacer los elogios indispensables, logré disculparme pero tenía que volver a mi casa. Esta vez la mujer por suerte me dejó ir y no ofreció acompañarme, como temía, pero vino hasta la puerta hablando sin parar: quería saber qué me parecía el trabajo de su hijo, aunque se respondía ella misma, era sobresaliente, ¿no es cierto?

Mientras caminaba esas cuadras hasta la casa, pensé que me identificaba un poco con Stephen. Me recordé de chica, a su edad, absorta en mi mundo, encerrada en mi cuarto toda vez que podía, dibujaba, dibujaba y dibujaba.

Mamá, ¿pensás que si le pedís a papá, él podría enseñarme a usar los óleos? O las acuarelas de sus alumnos. A Enrique no le interesa pero a mí sí, muchísimo, me encantaría... Igual a los diez, doce. Los ojos miopes, las lentes y las rodillas chuecas, el flequillo por temporadas casi raspándome los párpados. A menudo, así de pie, observaba durante ratos larguísimos a papá pintar. Otras, le servía de modelo. Paciente, sumisa, agradecida, obedientísima modelo.

¿Y por qué no le preguntás vos? Si sos la locura de tu padre. Andá y decile, es un asunto de ustedes, no mío. Me ponen en el medio de todo, me vuelven loca.

Le dije, pero las clases de pintura se las da a Enrique.

Bueno, no sé, más tarde vemos, por favor.

Mamá trajinaba en ese momento con las medidas que le estaba tomando al sillón para hacerle cambiar la tela porque alguno lo había manchado o porque los gatos la rajaban y deshilachaban. O se había quedado terriblemente nerviosa por una discusión con la empleada, que no entendía lo que era planchar como corresponde. O llevaba dos días descompuesta y no podía dejar de pensar que podía estar incubando un cáncer de intestino. O Roberto acababa de poner en penitencia a Enrique injustamente y ella había corrido a consolarlo sin que el marido la viera.

Mamá..., ¿querés ver? Hice una gaviota. Me salió linda.

Esperame, Dorothea, ¿no ves que ahora no puedo? Qué chica, dios.

A ver, Dorita, chiquita, vení, dejame ver, traeme. —Papá, ya rendido—. ¿Esto es una gaviota, decís? Parece más un dragón descuajeringado, con alas. O un cisne con el pescuezo todo retorcido, según cómo se mire.

Porque no dibujo lo que veo, sino lo que imagino.

Entonces, haceme un favor: practicá copiar las cosas más o menos como son, se llama realismo, y una vez que lo tengas muy dominado, verás si tiene sentido deformarlo con tu fantasía…, bueno, infantil iba a decir, aunque sos chica.

Pero, papá…

Te doy consigna, pronto es el día de la madre, hacele un retrato realista.

Cuando le llevé el retrato, mamá lo miró fijo unos segundos, intentó sonreír, dijo gracias, es precioso, me encanta, lo puso boca abajo sobre la mesa donde le habíamos servido lindo y esmerado el desayuno, con medialunas, jugo de naranja y flores, se puso a hablar de otra cosa. Papá levantó la hoja y empezó a reírse a carcajadas, no podía parar, sacudía juntas la papada y la panza, aullaba de risa, le caían lágrimas, tanto que mamá se molestó.

No es gracioso, Robert.

¿Esta es tu madre?

Asentí y le quité el papel de las manos para tratar de entender qué le resultaba tan cómico. La mamá que dibujé tenía la parte de abajo con la forma de una persona normal, piernas, pies, caderas, pero desde la cintura hacia arriba se convertía en caballito de mar con piel de *animal print,* los labios pintados de rojo y unos anteojos con forma de estrella. El pelo era literalmente un atado de cebolla de verdeo. Y las orejas como dos peras.

Querida, Archimboldo hay uno solo, no intentes ir por ahí.

No tenía idea de quién era Archimboldo, lo busqué entre los libros de papá, se convirtió sin querer en mi primer maestro. No volví a mostrarles otro dibujo a ellos.


Una vez a salvo en lo de los Oliver, me senté en una silla mecedora del living para revisar los mensajes del teléfono. Mary decía que mis padres iban fantásticamente en todo, aunque yo sabía de sobra que mentía, escondería mucha pelusa cotidiana debajo de la alfombra para evitar que me hiciera malasangre. Si le pedía que se sincerara, admitía que, en fin, mientras no pinta o mira hipnotizado la tele, el tío protesta bastante por tu ausencia, se queja incluso dormido, aunque después lo anestesio con un par de frases aduladoras y se le pasa, hasta que vuelve a la carga. Y tu madre estaría preocupada por todo, con vos acá o allá, está en su *modus operandi*, entonces ¿por qué perderse las ventajas de desaparecer? Día por medio igualmente hablaba con ellos que, en general, se focalizaban en consultarme sobre cuestiones prácticas del trabajo o del funcionamiento de la casa.

Asunto diferente era Ricardo, eso inquietaba a Mary. Había pasado de sospechar que las llamadas anónimas eran suyas a jurar que lo había visto merodeando los alrededores, si bien no estaba del todo segura. Es bastante chicata y aun con lentes no retiene demasiado las facciones de la gente, así que es de poco fiar. Le parecía haberlo identificado en una mesa del café de enfrente cuando cruzó a comprar unas masas para el té que a mis padres les encantan. Ricardo a mi prima no la conoce, solo de nombre. Ella a él sí porque, cuando me creí enamorada, imprudentemente le compartí fotos.

De cómo llegué a creerme enamorada habría que escribir una novela de cien mil páginas que igualmente no serviría para aclarar nada. Otra demostración de cómo el lenguaje a menudo puede ser un distinguido continente inútil.

Ricardo es tres años menor que yo, si es que no me mintió también con la edad. Ese verano no supimos nada uno del otro hasta que recomenzó el curso en marzo. Mientras se presentaba la profesora nueva, verifiqué que la mayor parte de los compañeros eran los mismos de antes, faltaban dos y había tres o cuatro nuevos, Ricardo no estaba. Al principio pensé que no habría pasado de nivel. Cuando alguien golpeó la puerta y segundos después asomó su cabeza, algo en mí se aceleró, algo que no puedo describir con exactitud, como nada de lo que nos fue pasando a partir de ahí. Quizás una sensación inmediata de seguridad, la garantía de lo familiar en la aridez del aislamiento, aunque enseguida me volvió la desazón de antes: otra vez los apuntes, las consultas furtivas, a media voz, esa voz imprecisa, titubeante, un poco ceceosa, la actitud como de ratón, escurridiza y temerosa, conduciéndome por el recorrido de paredes amarillo patito hasta la mesa del fondo junto al baño, el olor a estornudo de elefante, las conversaciones engordadas por frases insustanciales. Fue una especie de placer que apareció y retrocedió en un mismo movimiento dejándome un sabor impreciso.

Al final de esa clase, me esperó fuera del aula, bajamos juntos las escaleras, llegamos a la entrada principal del instituto, cada uno comentó cosas pavas de cómo habíamos pasado el verano y de la profesora actual. No me propuso tomar café y yo jamás lo hubiera hecho, tampoco me dijo de caminar conmigo hasta casa, nos despedimos. Pero ya a la vez siguiente o la tercera sí me invitó con la excusa del gerundio o el imperativo, y como a la sexta, calculo, me preguntó si quería cenar con él en su estudio. Era el departamento que usaba como oficina, explicó, donde tenía una pequeña cocina y podía calentar unas empanadas. Mi reacción instantánea fue negarme, casi con ofensa: qué se pensaba, que yo era qué, no le dije eso pero lo rechacé con evasivas y un fastidio que no logré disimular. Durante el otoño hubo algunas clases a las que él o yo no fuimos, en mi caso porque a papá el Museo de Bellas Artes, junto con la National Gallery de Londres, le organizaron una muestra individual, con itinerancia por distintas ciudades, y además de la acumulación repentina de trabajo, lo acompañé en los viajes que él aceptó hacer.

Cuando me reincorporé y tomamos un café, Ricardo volvió a insinuarme que, sin intenciones perversas de ningún tipo, ofrecía su espacio para que tuviéramos un lugar donde comer y charlar. Quién sabe en qué punto cedí, seguramente aturdida por los sermones de la psicóloga y de Mary sobre ese intenso deber de socializar aunque estuviera tan en contra de mi naturaleza. La obligación de ser normal.

En casa avisé con tiempo que ese martes, después del curso, salía con el grupo de francés. Empezamos mal, sentenció más tarde la psicóloga: ¿mentir con qué fin? Andá y pasala bien, resopló luego de retarme unos minutos, la próxima trabajemos un poco el temita de tus padres antes de que vuelvas a engañarlos. Tenés cuarenta, Dorothea, no quince. Cuarenta y dos, corregí yo, que acababa de cumplirlos en marzo.

Con Ricardo tomé un taxi hasta la oficina, desde la Alianza no quedaba lejos pero sí para caminar. Durante el trayecto, junto con las luces que empezaban a encenderse en la ciudad, me rebotaban en la cara fogonazos de esas burlas que había escuchado en la pizzería y que todavía, cada tanto, descubría en las miradas cruzadas o comentarios dichos en clave entre clases. Yuyo, el que ni siquiera es una planta sino una hierba, lo que nace chato, pinchudo, sin proyección, o larguísimo como una espiga que se dobla por el peso, en las grietas de una pared húmeda o vieja. Camilo Canegato, el hombrecito gris con el pelo teñido de un marrón cobrizo penoso, el tartamudo que enrojecía hasta las orejas de druida al hablar en francés. Esas palabras y las risas de mis compañeros me pegaban en la conciencia como piedras de granizo; lo miré de reojo sentado al lado en el taxi, vi que el teñido se notaba también en las patillas y arrugué la nariz, él me miró, desvié la vista. Ya me arrepentía de haber aceptado, me puse a considerar todo tipo de razones por las que no iba a poder cenar con él. Repasé varias opciones en simultáneo, me dijo algo que no escuché, contesté sí como acto reflejo, después supe que se refería a la comida. Cuando el taxi frenó, seguía repasando mis argumentos, pero no encontré el coraje para poner en práctica ninguno. Pidió empanadas en una rotisería en la que yo normalmente no hubiera entrado, con ese ballet de pollos al espiedo en la vidriera salpicada de una grasa histórica igual a la que manchaba los delantales y las manos rústicas de los empleados. Me importaba poco, igual no estaba en mis planes comer ninguna de esas cosas aceitosas. Se las entregaron en una bolsa de papel que enseguida se impregnó de la viscosidad, y caminamos hasta su despacho.

Estaba en el tercer piso, puerta H, de un edificio venido a menos en la zona sucia, abarrotada de comercios, gente y transportes de Plaza Italia. Era el mes de la Feria del Libro, por lo que, más que nunca, había bolsas de basura acumuladas en las esquinas, papeles, envoltorios de McDonald's o pochoclos por todas las veredas, tráfico atascado en la avenida, empeorando el escándalo con las bocinas. En una cuadra y media, tres personas sin techo nos pidieron una ayuda, Ricardo le dio unas monedas a una señora muy mayor sentada sobre un colchón y abrazada a un perro esquelético.

Mientras calentaba las empanadas en una sartén, me ofreció una copa de vino tinto que rechacé, en cambio me dediqué a mirar su oficina. Suelo tomar solo agua o algún jugo sin gas, contesté a su pregunta de qué quería. En un costado, la mayor parte del espacio lo ocupaba un escritorio antiguo, grande, de roble, como esos que usan los funcionarios en las dependencias públicas; estaba protegido por un vidrio debajo del cual había postales desteñidas, papelitos escritos a mano, una estampita de Jesús y otra de un crucifijo. Por encima tenía desparramadas carpetas, cuadernos cerrados o abiertos, más papeles cuadriculados llenos de hileras de números, y un teléfono inalámbrico. Contra las paredes de salpicré blanco había unas repisas baratas sobrecargadas de biblioratos negros etiquetados por años, y un par de fotos, en ninguna salía él. Sobre una columna que separaba ese espacio de la cocina, colgaban unos diplomas encuadrados, dos eran de francés, me llamó la atención que exhibiera eso, y otro de su licenciatura como contador. Me asqueaba el hedor a comidas asentadas y piel encerrada en el aire sin ventilar. Aspiré más hondo. Le consulté si fumaba, contestó que no, que ese olor a tabaco impregnado era del dueño anterior, no conseguía quitarlo, le dije que le iba a comprar un producto bastante útil.

Lo más sorprendente era un teclado, apoyado sobre un pie contra la ventana, con una silla delante. Corrí la cortina descolorida, hacia afuera se veían los perfiles de otros edificios y el techo de lata de un supermercado chino. Sin que le preguntara, aclaró que era un pianista frustrado, pero sabía tocar y le servía tenerlo ahí para hacer algunos descansos musicales en medio del día de trabajo entre llamados y cálculos matemáticos. Lo relajaba.

En un rincón había un baño diminuto, con ducha para media persona, y en el centro, un sofá con una mesa baja, donde nos sentamos a comer. Me explicó que el sofá se hacía cama, le pregunté si realmente habría sitio para estirarlo, ya que todo era tan pero tan apretado en ese ambiente que apenas parecía posible circular: la cocinita, una heladera enana, el escritorio enorme, las repisas abarrotadas, el teclado, la única ventana que no alcanzaba para ventilar, el sofá con la mesa y el medio baño.

—Bueno, con dificultad entra, sí —me respondió él—. Se te enfría la comida, vení.

Me senté, con una servilleta agarré una empanada que no pensaba comer. Me pareció que el vaso no estaba del todo limpio, así que tampoco iba a tomar agua.

—¿Dormís acá?

—Algunas veces, si se hace tarde.

Quise preguntarle ¿y si no, dónde?, pero me pareció desubicado. Debió haberse dado cuenta porque, después de tragar, comentó:

—Soy casado, ¿sabés?

Hubo unos segundos de nada en particular, circulares, difusos. Me subió un frío por el cuello hasta la cara, dejé caer sobre el plato cachado la empanada que tenía en la mano sin morder, y me levanté con el corazón a los golpes dentro del pecho. Me retuvo de la muñeca: por favor, por favor, esperá que te cuente, y se levantó también.

—¿Que me cuentes qué? No hay nada que saber excepto qué hago yo engañada en este lugar con un hombre casado. ¿Por qué me hiciste venir? —Alcé un poco la voz. Igual, mi rabia nunca es rabia, desde la sombra viene mutilada.

—Solo necesito una amistad, no escondo ninguna otra intención, te lo juro.

Me senté: yo también necesitaba algo.

Al final, pese a tantos kilómetros de distancia, Mary y yo estábamos en lo mismo: evitando espías domésticos. Ella a Ricardo y yo a la vecina. Los días siguientes me tomé el trabajo de revisar el panorama antes de salir de casa de los Oliver, no tenía ningunas ganas de encontrarme con Lilian Duncan. Una vez creí ver de espaldas su figura ancha en el supermercado que queda a mitad de camino entre las dos casas, dejé los productos escogidos y me retiré en puntas de pie. En un par de ocasiones sonó el teléfono de línea, no atendí; con la dueña me comunicaba a través del celular, no existía motivo alguno por el cual responder a una llamada en una casa ajena. Estaba sugestionada, convencida de que era esa mujer. De hecho, tanto no exageraba: una tarde tocó el timbre, vi su silueta a través de la cortina de *voile* de la ventana junto a la puerta, llevaba una bandeja en las manos, posiblemente alguna torta o plato preparado por ella. No me moví hasta que se fue.

Los seis días pasaron volando. La mañana que más me asusté fue cuando estuve media hora buscando a la tortuga hasta que la descubrí con la mitad del cuerpo dentro del paquete de comida de los gatos que se había volcado en la galería techada del jardín; el caparazón aparecía camuflado entre las bolitas del alimento del mismo color. Con la perseverancia de Sísifo, pretendía trepar por ellas en el túnel de la bolsa como una criatura que entra decidida a un pelotero infantil.

La tarde en que más me reí fue cuando, mientras hablaba con papá por teléfono, saturada por las quejas sobre mi deserción y las preguntas cíclicas sobre la fecha estimada de la vuelta, vi pasar a Zeus subido con las cuatro patas sobre el caparazón de Diana, que avanzaba llevando todo el peso del gato rechoncho a cuestas, tuve que taparme la boca para que papá no adivinara mi risa.

Tampoco para despedirse apareció la dueña de casa, estaba acordado así desde el principio. Yo tenía que dejar la casa antes de las dos, entregar la llave al veterinario y partir. La familia llegaría a eso de las cinco o seis de la tarde. Lo que me resultaba raro era que en ningún momento me hubiera propuesto cruzarme con ella, vernos unos minutos, saludarnos en la puerta, cerciorarse de que la casa y las mascotas hubieran estado en buenas manos. Supervisé el orden y limpieza en los ambientes que había usado. Guardé en una bolsa la esponja, el trapo y los guantes, para mi próxima estadía. Me despedí de los gatos cuando me siguieron hasta la puerta, iba a extrañarlos. La casa volvió a quedar en semipenumbras como la había encontrado, con las persianas bajas y las cortinas corridas. Tal vez sentí algo que podría identificar como nostalgia, si bien enseguida me reté a mí misma por floja. En lo más mínimo, salí diciendo a medida que desandaba el sendero de piedras hacia la calle. No tiene el más mínimo sentido extrañar una vida que jamás me correspondió.

En la veterinaria entregué la llave para Mrs Oliver y un sobre para Mrs Duncan, pedí que se lo dieran cuando pasara. Adentro puse uno de mis bocetos que más le habían gustado: uno con fondo negro y un millar de girasoles blancos de distinto tamaño, de la serie de plantas galácticas. Adjunté una notita en la que le agradecía por todo y les deseaba lo mejor, con especiales saludos para Stephen. Estuve a punto, pero al final no anoté mi dirección de correo electrónico como me había pedido, siempre podía haberme olvidado de ese detalle: a ver si en sus desvaríos maternos me llenaba la casilla con las caricaturas del artista adolescente.

Dos por tres le insisto a Dorothea que por acá los tíos van bien, la casa funciona, sin embargo no hay forma de que se desconecte de nosotros, qué chica. Parece que no te fiaras de mis capacidades, le contesto. Que sí, que sí, de lo que no se fía nada es de sus padres, lo que la desvela soy yo, mi salud mental. Qué manera de decir pavadas, la peleo, aunque en el fondo vaya si la entiendo: papá y mamá habrán tenido sus manías de todo color y tipo, pero estos, hay que admitirlo, son como dos arritmias en un solo pecho. O como una taquicardia y una bradicardia funcionando en estéreo.

En el mostrador de la aerolínea en Londres, el tío había discutido para que le reconocieran algún tipo de beneficio por estar llevando menos peso del reglamentario en su equipaje y el de su familia. Su lógica indicaba que, si normalmente se cobra una tarifa por sobrepeso, pues deberían existir compensaciones para aquellos que se esmeraban no solo por respetar los límites exigidos sino además por mejorarlos; al fin y al cabo estaba beneficiando a otros pasajeros. El empleado le admitió que era un excelente argumento, pero las reglas escritas por la compañía —por todas las compañías aéreas— no contemplaban ese caso. Tío Robert aulló, ladró, graznó, chilló, todo un zoológico salió de sus fauces, lo que hizo que empezara discutiendo con un empleado y acabara dándose por vencido ante cuatro, pues no hubo conciliación, todas sus sugerencias fueron negadas: no le habilitaron la sala VIP en el aeropuerto, no le otorgaron un upgrade de categoría a primera, no le regalaron millas, no le ofrecieron una copa de *bourbon* salvo que la pagara, no le obsequiaron tres de esos neceseres que ofrecían a quienes viajaban en business. Ni siquiera aceptaron desplazar a otros pasajeros para que nosotros tres pudiéramos sentarnos juntos. El viejo se alejó del mostrador en medio de un escándalo jurando que jamás volvería a volar con esa compañía, que le ordenaría a su hija describir en internet el maltrato del que habían sido víctimas para que otros potenciales clientes estuvieran enterados, además de que continuaría con los reclamos en las oficinas de Buenos Aires. *Ingleses sucios, fenicios, arcaicos.* Él no se dio cuenta, pero la tía y yo vimos cómo se reían los cuatro empleados a su alrededor, más algunos sentados en otros mostradores y el hombre de seguridad que fue convocado por si el anciano se pasaba de la raya o le daba algo.

Ni siquiera cuando llegamos a Buenos Aires fue posible bajar los decibeles y descansar. Veníamos reventados de quince horas y media de vuelo a puro tironeo: que si no era el tío, incómodo porque se le clavaba el apoyabrazos en la costilla o había perdido su almohada en la oscuridad, me chistaba la tía para que la auxiliara con un pasajero que, con los pies o las rodillas, le empujaba el asiento desde atrás; uno había recibido la comida fría y el otro había pedido pollo pero le habían servido pasta; cada vez que querían ir al baño me pedían que los acompañara. Cuando por fin bajamos, empastillados aunque igualmente mal dormidos, temí que Robert y Sofía quisieran tomarse un tren de Ezeiza a Belgrano, como en Londres. Por suerte esa opción no existe en la ciudad, no quedó otro remedio que abordar rápidamente un taxi. Incluso me ofrecí a pagarlo pensando que iban a empezar con lo de buscar un medio de transporte económico, pero el tío, con los ojos lagañosos y la dentadura un poco suelta, antepuso su gangosa honra viril para impedírmelo: de ninguna manera, sos nuestra invitada. No le discutí básicamente porque me hacía daño su halitosis habitual agravada por todas esas horas de viaje sin limpieza. De hecho, pedí al conductor si podía viajar adelante con él alegando cuestiones lógicas de espacio, aunque en realidad temía que, por el frío, no me dejaran bajar la ventanilla de atrás y quedara escaldada entre ambas respiraciones. Mi español adolece de un fortísimo acento, pero me hago entender.

Fue llegar a la casa y tener que abrir una por una esa infinidad de cerraduras que mantiene asegurada la fortaleza (la puerta principal, además de poderosamente blindada, está bloqueada con dos cierres del grosor de los que deben usarse en el acceso a las cajas de seguridad de los bancos o a la sección de los peores criminales en un penal). Eso, por supuesto, con manos temblorosas y exasperante lentitud, lo hizo la tía, porque el tío, mi vida, no mueve un dedo salvo que sea para pintar sus cuadros o para extender su billetera, esto último en caso de exposición social inevitable.

Si en la calle ya hacía fresco, dentro del caserón de tres plantas nos recibió una ola polar. Dorothea dirá que exagero, que a principios de abril acá recién empieza el otoño, totalmente de acuerdo, motivo por el que me hizo especial ilusión venir, por el buen clima, ahora escuchame: esta casa tiene las dimensiones de, no sé, el palacio privado de Ana Bolena en Kent, o un Hampton Court de esquina porteña.

Apenas abrió la puerta nos topamos con el clima neblinoso de los Moorlands adentro.

—No quiero pensar lo que es calefaccionar esto —dije mientras entrábamos con las valijas, a saber: ellos se precipitaron en el interior, su servidora quedó a cargo de ingresar el maleterío a pleno.

—¿Por qué lo decís? —preguntó el tío aunque no le interesaba en lo más mínimo.

Entró disparado con tal ímpetu que trastabilló con la alfombrita del recibidor y estuvo a punto de darse la cabeza contra la primera columna que da paso al salón.

—¡Ay, cuidado, Robert! ¿Estás bien? —Me apuré a retenerlo para que no perdiera el equilibrio, soltó unas palabras rotas para sí—. ¿Seguro? Decía, me había olvidado lo gigante que es esta casa, ¿en invierno cómo hacen con la calefacción?

No me respondieron: mientras yo trajinaba con los bártulos todavía en el hall de entrada, ellos ya habían salido eyectados en direcciones opuestas. La tía seguramente habría corrido al baño, siente que se orina cada quince minutos; hizo doble escala en el aseo del aeropuerto entre que bajamos del avión y subimos al taxi. El tío había dado una zancada hacia la cocina porque no paró de quejarse durante toda la estadía en Londres de lo mucho que extrañaba el mate; se enojó con sus mujeres por no habérselo llevado. Llegó un punto en que me molestó en serio la crítica:

—Qué curioso, tío, si sos el único matero de los tres, raro que no te diste cuenta de pedirles a las chicas que te lo metieran en el equipaje.

—Son ellas las que se ocupan de esos temas, yo jamás armo un bolso.

—Lo mal que hacés, porque como a ellas el mate no les gusta, lo extraño es que no lo pensaras vos.

Debía estar manoteando torpemente entre las alacenas de una cocina en la que trajina desde hace unos cincuenta años, como si entrara por primera vez en ella, cuando gritó:

—Sofía, ¿dónde guardan la yerba en esta casa?

Sofía seguía en el baño, demasiado ausente del mundanal ruido, así que, tras cerrar la puerta de calle con su doble traba interna, acudí en su auxilio, sin haberme quitado todavía el tapado. Encontré lo que él buscaba en el primer armario que abrí.

—¿Serías tan amable de ponerme el agua, querida? —me pidió, o quizás me ordenó, ya que, para cuando terminó de enunciar la frase, había abandonado la cocina dejándome a cargo de la tarea que inicialmente había sido suya.

Lo vi desde el umbral: se había dirigido al salón, encendido la tele, desparramado sobre su *bergère* favorito, sacado los zapatos directamente con los pies, sin desatar los cordones. Cuando aparecí con la bandeja, todavía con mi tapado puesto (insisto), me tentó sugerirle: ¿No querrías cambiarte la ropa, ponerte algo más cómodo, pasar al baño? Pensé para mí: enjuagarte la boca, verificar que ese leve olor a pis que se percibe en el ambiente no sea el saldo de alguna sutil pérdida inoportuna... Sin embargo, me limité a depositarle ahí la bandeja a su señoría, deseosa de llevar mi maleta al cuarto de Dorothea, cepillarme los dientes, darme una ducha caliente, ponerme ropa cálida de entrecasa, echarme una minisiesta, morir unas horas.

—Ya que vas para allá, ¿me llevarías los zapatos y de paso me traés las pantuflas? —dijo sin separar la vista, o la voz, del televisor.

Me quedé seca, contando hasta diez, de espaldas a su majestad.

—Voy a dejar mis cosas en el cuarto y vengo —contesté sin la menor amabilidad.

De todas formas no se enteró, no se entera, la empatía es una casilla desierta en el tablero de juego donde se dirimen las emociones cotidianas para Robert Dodds. Y eso que lo quiero mucho. Cuando le ubiqué las pantuflas junto a los pies, esbozó:

—Si venís para este lado, ¿no me alcanzás un vaso de agua fresca?

Eso ya hice como que no lo escuché o como que me lo había olvidado.

Durante los minutos que duró la ducha (caliente pero corta porque el tío es capaz de cortarte el agua si sospecha que uno se extiende más de la cuenta), no paraba de imaginarme el momento en que mi cuerpo se deslizaría entre las sábanas, agolparía las rodillas contra el pecho, me taparía con una frazada hasta la cabeza. Menuda ilusa. Al salir del baño, con el pelo envuelto dentro de la toalla, en ropa de entrecasa, me encontré a la tía íntegramente vestida como una institutriz alemana, lo que incluía una bufanda, el carrito de las compras en una mano y el manojo de llaves tintineantes, de carcelero, en la otra.

—¿Vas a salir? —le consulté azorada.

—Voy, vamos, vení —contestó con un cabeceo hacia el lado de la puerta de calle. Llegué a pensar si el tarzaneo se debía a que siempre está pensando que no entiendo bien el español complejo, a pesar de haber pasado muchos veranos de mi infancia y adolescencia con ellos ahí—. Hay que comprar para la cena.

—Pero tía, pidamos algo por teléfono, ¿no? Unas pizzas, sushi o lo que quieran, yo me ocupo, aunque sinceramente no tengo hambre, estoy tan cansada.

—Nosotros no comemos nada de esas cosas hechas, cocinamos todo en casa.

—Claro, está muy bien, la cuestión es no tener que salir ahora, hoy.

—Si no querés, no vengas, voy sola, aunque Dorothea siempre me acompaña porque la última vez que fui sola me resbalé y terminé con la cadera fracturada. —Levantó el bastón que yo no había visto, cubierto por la lluvia metálica de llaves.

Me tomó unos minutos reaccionar, tenía la cabeza tan embotada, solo comparable con un empastamiento neuronal similar al de las raras, contadas, veces en que me había excedido con el alcohol en algunas fiestas.

—Voy, voy, esperame que me abrigo.

A la vuelta del súper, tras descargar el carrito que trajimos lleno hasta arriba, más otra bolsa repleta, hubo que repasar la mesada, el horno y la mesa del comedor antes de disponer las cosas para la cena.

—Imaginate todo este tiempo la casa sin uso, la mugre que tendrá, no vamos a apoyar la comida así nada más.

—No, claro, tenés razón, limpiemos. —A esa altura estaba segura de haber perdido las lentes de contacto porque tenía los ojos secos y no veía nada.

Gracias al cielo había convencido a la tía de traer un pollo rostizado, y acompañarlo con un par de tomates cortados al medio; de lo contrario, si efectivamente dábamos cabida a su propósito de cocinar, habrían debido llamar a urgencias para recoger mis restos.

Cuando más tarde Dorothea me propuso hablar, le pedí que me disculpara, estábamos todos extenuados, mañana. Seguro, seguro, me alegra que hayan llegado bien. Perfecto, le dije, sin problemas.

# UN POCO

«No puedo descansar, tengo que dibujar,
no importa lo pobres que puedan ser los resultados,
y cuando me toca atravesar una mala época,
el deseo es más fuerte que nunca.»

Beatrix Potter, *Diario*

Entre Saint Albans y el siguiente destino hice un paréntesis estratégico en casa de Mary para lavar, reponer ropa y sacudirme un poco la sensación de intrusidad que me había entumecido ligeramente los músculos. Di un paseo extenso por mi parque favorito: los Kew Gardens. Le escribí a mi hermano. Metí el dibujo de las hortensias en racimo de uvas, que había salido bastante onírico, junto con una postal de Londres y una carta en la que decía brevemente:

*Querido Enrique:*
*Sé que la prima te contó de mi extraña aventura. Será poco tiempo. Ahora voy camino a York. Papá y mamá no saben nada de esto, creen que estoy en casa de Mary. Cuando hablo con ellos, me invento paseos a barrios o visitas a museos en Londres y cercanías, monumentos y sitios que investigo en internet. Algo aprendí de vos. Luego me quedan todavía varias casas, ciudades, distintos caminos. Dentro de una semana llego a Liverpool, donde voy a estar veintidós días, es la estadía más larga, podés escribirme ahí*

*(te pongo abajo la dirección), o en todo caso siempre a lo de Mary, adonde volveré cuando tenga sentido entre un lugar y otro, o al final. Disfruto de mi viaje, si bien no dejo de pensar en ellos, que están ancianos y frágiles... Veo por la estampilla que seguís en Oslo e imagino que por suerte estás bien. Respecto del proyecto que proponés, debo decir que me sorprendiste y hay que pensarlo, analizarlo bien. Ya te comentaré algo. Preciosas las flores que me mandaste. Vuelven convertidas en florúvulas. Ojalá te gusten. Te quiere,*

*Dottie.*

Unos días después volví a tomar el tren, esta vez rumbo a York. A pocas cuadras de la estación, cruzando el puente de Micklegate, en el margen opuesto del río Ouse, me esperaban las mascotas de Mr y Mrs Gilmore, una pareja en sus veintipico o jóvenes treinta, calculé por las fotos de perfil y los mensajes que me habían ido mandando los dos al teléfono con las indicaciones. Sinceramente no dejaba de maravillarme el grado de confianza y despreocupación de la gente en ese país.

El departamento ocupaba una planta en una de esas casas adosadas idénticas, pintadas de gris o tiza, que se reproducían a lo largo de varias cuadras, divididas en un bloque inferior y otro superior, con *bow window* en carpintería blanca al frente. Ese tipo de edificaciones en serie que abundan en Inglaterra y que vistas desde lejos a veces producen una especie de mareo o ilusión óptica. Solo las distinguía el color de las puertas: los Gilmore vivían en el número 36 con la puerta roja, pero las había verde, amarillo, azul eléctrico y azul casi negro, violeta incluso. Por encima, la línea ennegrecida de chimeneas multiplicaba ese efecto de dominó, recortadas contra un cielo extrañamente claro. Los dueños me habían mandado un código numérico que debía introducir en un teclado junto al timbre, eso destrabaría la tapa de una caja en cuyo interior encontraría las llaves para la puerta.

Lo que más me intrigó de mis nuevos huéspedes desde el primer momento fue la manera de comunicarse conmigo: los audios que me mandaban los Gilmore estaban curiosamente producidos a dúo. Se turnaban para hablar primero uno, después el otro, concatenando las oraciones con una cadencia tan bien articulada que jamás duplicaban lo que decían ni se pisaban, del mismo modo que se lee una partitura o se ensaya un guion; las voces emanaban como dos hemorragias de una sola fuente, ¿ningún instante de sus vidas los encontraba ocupándose de cosas diferentes? Todo lo hacían juntos, ensamblados. El hecho de que cantaran o tocaran en una banda —según deduje cuando mencionaron que estarían de gira, así como por otras evidencias que detecté en la casa: instrumentos, equipos, discos, posters de bandas— volvió más explicable esa sincronicidad fluida.

Cuando empujé la puerta del departamento, apareció el golden retriever de las fotos en la web, Ron, dulce y apacible, joven también pero achacado, rengo y quejoso el pobre por un cáncer, y quien no se veía en las fotos pero estaba anunciado: Lucas, un loro que parecía sonreír, muy cómico. Deposité el equipaje en la única habitación disponible, la matrimonial, junto a la que había una cuna con sábanas rosas y peluches. En las fotos pegadas en la heladera descubrí a la quinta integrante de la familia: una beba preciosa con los ojos castaños más grandes y las pestañas más largas que vi jamás en una criatura así de chiquita. ¿La llevarían en sus giras o se habría quedado con abuelos? En cuyo caso, ¿por qué no venían los abuelos a cuidar de la casa, la beba y las mascotas? Todas suposiciones propias de una mente ociosa. Los treintañeros con caras adolescentes me mandaron un nuevo mensaje, ¿me habían seguido los pasos y sabían que acababa de entrar? *Buenos días, Miss Dodd, esperamos que haya tenido un buen viaje y haya encontrado la casa sin inconveniente* (arrancaba él), *se habrá dado cuenta de que desde la estación es muy cerca, incluso para ir caminando* (continuaba la voz de ella), *y como sabe, puede usar de la casa todo lo que precise* (comentaba él), *sábanas, toallas, vajilla, la comida que encuentre* (seguía ella), *ya verá que no es mucho lo que dejamos, pero en las alacenas sí hay galletas y conservas* (agregaba él), *sírvase por favor sin dudar todo lo que vea y quiera* (remató ella). Los dos juntos hicieron el saludo final con un tonito de jingle navideño.

Pese a lo grande del edificio, el piso por dentro tenía tres ambientes muy reducidos. Se veía pulcro y bastante ordenado, pero igual mantuve mi ritual de siempre: un repaso con lavandina y agua hirviendo en bañera, piletas e inodoro, y otro en la bacha de la cocina, donde separé mi nuevo set de vajilla personal, que también lavé con mis trapos. Barrí todo, todo, por si acaso, para poder andar tranquila en pantuflas sin ensuciarlas.

Después de darle una vuelta a la manzana a Ron, salí a caminar un rato por el centro de York y sacar fotos, tenía especialísimas ganas de conocerlo, es la ciudad favorita de Mary después de Londres. Anduve encantada, intentaba no perderme detalle de las antiguas calles empedradas con su imponente catedral gótica, los portales encimados en los mágicos *shambles* medievales como los dientes torcidos de una boca estrecha, la fábrica de chocolate, el museo histórico del castillo, el río con sus canoas y sus puentes románticos. De a poco me distrajo algo que empezó a ocurrirme en la cabeza, intenté desplazarlo varias veces pero no pude: eso que comenzó siendo un aviso sutil, una especie de picoteo, luego un repiqueteo más intenso, aumentó en ritmo hasta llenarme las paredes del cerebro con un ruido similar al de las ruedas del tren a medida que toma velocidad, subía hasta cocerme la conciencia: ¿Y si me filman?, ¿si hay cámaras en la casa?, ¿y si los Gilmore me están espiando? Por eso supieron que acababa de entrar cuando me mandaron el primer mensaje. Apuré el paso de vuelta, me perdí un par de veces y cada vez me ponía más ansiosa, tuve que parar a preguntar. Con suficiente disimulo para no quedar en evidencia, una vez en la casa estudié cada metro cuadrado, sería muy ridículo que me descubrieran buscando la trampa. Al final no vi nada extraño, lo que podía significar dos cosas: que fuera una sugestión mía, o que los jóvenes Gilmore hubieran ocultado las cámaras demasiado hábilmente para una mujer mayor como yo. No hay nada, Dorothea, son tus fantasmas, dije en voz alta.

*No hay nada, Dorothea,* repitió el loro. *No hay nada, Dorothea. No hay nada. Son tus fantasmas.*


Fantasma o no, Ricardo se ve que no aguantó y se encaró con mi prima cuando ella salía de casa, qué mala idea, pobre hombre.

—Disculpe, señora o señorita.

—Señora. —Mary se detuvo, dijo, sin nada de ganas, previéndolo todo.

—Señora, disculpe, necesito, quisiera, por favor, consultarle si aquí, en esta casa, sigue viviendo otra señora, o señorita, llamada Dorothea.

—¿Dorothea? —Se hizo la que pensaba, es tan buena para esos juegos.

—Dorothea Dodds. La conocía de antes, de…, en fin, de hace muchos años y llevamos tiempo sin vernos. Quisiera…

—Sí, sí, la conozco, pero no, lo siento, ya no vive acá, se mudó a Inglaterra.

—Ahhh —me contó mi prima que la quijada de Ricardo se derrumbó como un puente romano al perder sostén; a propósito, por lo menos tiene lindos dientes, me comentó muy cínica—. Qué macana. ¿Y no vuelve?

—¡Nooo! Ya no quiere saber nada, si en este país no hay quien viva.

—¿Y sus padres? —preguntó Ricardo con la vista fija en la puerta de casa. Me dio lástima imaginarlo, de haber estado ahí yo no habría resistido ese numerito.

—A sus padres ahora los cuido yo, pero se van también, nos vamos.

—¿Usted es pariente? ¿Se van? ¿Cuándo?

—Mire, señor, me va a perdonar, yo a usted realmente no lo conozco y ya le di demasiada información.

—Claro, claro, por supuesto, pero si habla con Dorothea, por favor, dígale que la estuve buscando. Ricardo, soy Ricardo Grau. Tiene mi teléfono y mi correo, que por favor me escriba, así…

—Se lo digo, hasta luego —respondió Mary y siguió su camino hacia el supermercado.

De qué manera se reía cuando me lo contó. Esa vez no fue a través de un audio, como suele hacer, me preguntó si estaba disponible para hablar y me llamó. No salía de mi asombro por su caradurez, haberle dicho semejante mentira, estaba rayada, ¿y ahora? ¿Qué le digo yo si me lo encuentro cuando vuelva a Buenos Aires? Va a haber pasado tiempo y él no te va a buscar otra vez sabiendo que no estás, respondió conclusiva como de costumbre. Se dio vuelta para ver si él seguía parado en la esquina y lo vio retirarse cabizbajo, con toda la flacura atenazada hacia adelante, las manos resignadas en los bolsillos, «ese pelo mal pintado, a esta altura casi naranja, ridículo». A Mary le hará gracia burlarse de él, pero a mí me afecta: finalmente soy yo quien se enganchó con ese «ser abatido», como lo llama ella, y todavía siento cosas por él.

Lo que no le aclaré a Mary —un poco por pereza, otro poco porque en el fondo me resulta demasiado personal— es que acepté este desafío no tanto por escapar de Ricardo, de alguna manera siento que puedo resolver con otros medios esa cuestión. Ella es la obsesionada con eso; yo tengo otra motivación menos visible. Me movió darme cuenta de que pronto voy a cumplir sesenta, edad en que una mujer puede jubilarse, y el único empleo que tuve hasta ahora ocurrió bajo el ala familiar, algo que durante años he sentido como una especie de no trabajo, o más bien como una ocupación nepotista. Quería, quiero todavía, estar orgullosa de haber conseguido y mantenido un puesto propio, sin atajos ni acomodos, por mi capacidad. Cuando ella vino con su propuesta, me amarré a esa idea. Aunque después, en definitiva, no me jubile enseguida o lo haga como secretaria de papá, dentro de mí ya tengo derecho a otro título, y eso, por tonto que suene, me colma.

Una tarde en que salí de darme una ducha y me disponía a prepararme unos huevos revueltos para la cena, presencié el extraño instante en que Ron le ladraba al loro y que el loro le respondía, imitando el ladrido, durante unos minutos intermitentes, mágicos, que me dejaron con la boca abierta. La pena es que cuando quise filmarlos ya se habían vuelto a distraer cada uno en su mundo. Fui consciente de que iba a tener que aprender a limitar esa costumbre cada vez más arraigada de hablar en voz alta porque el plumífero copiaba todo: *Dale, Dorothea. No te distraigas, Dorothea. Hay que llamar a Mary.*

Los Gilmore vinieron la última mañana para conocerme. Los dos tenían el cabello castaño lacio pero con ondas, cortado casi del mismo modo, bien corto, y una altura que me pareció idéntica. Les mostré que la casa quedaba como la había encontrado, salvo por el cordón del que había que tirar en el baño para encender el agua de la ducha. Justo ese día se había atorado y, por mucho que intenté, no pude hacerlo funcionar. Pedí disculpas y ofrecí pagar el arreglo; dijeron que me olvidara, cada tanto pasaba y sabían cómo solucionarlo, me agradecieron un montón de veces. En persona me resultaron una delicia de personas, los dos. Seguían con eso de hablar sincronizado, pero resultaban tan cordiales y jóvenes y llenos de vida. La beba dormía en un cochecito, los felicité.

Me pasaron un enlace donde podía escuchar sus canciones en internet y hasta me dijeron que mi nombre les resultaba poético, original, digno de uno de los personajes de sus temas, si no me oponía a que lo usaran. Desde ya que no, obviamente que no, qué homenaje, claro, jamás imaginé algo así. Les hablé del nombre de mi prima que también era, en mi opinión, bastante curioso: Mary Lebone. ¿Tiene algo que ver con la estación de trenes o el barrio de Londres?, preguntaron juntos e igual de azorados, solo que él mencionó la estación de trenes y ella, el barrio.

—No, no, en absoluto, pura casualidad. Ella es Dodds pero su marido era James Lebone. Pura coincidencia.

—Entonces vamos a hacer un tema con los dos nombres, si nos da permiso.

—Seguro, ¿cómo podría negarme? Encantadísimas, Mary también. Hablo por ella porque la conozco y sé que va a estar fascinada. Por las dudas no pongan nada raro, que su hijo es un buen abogado en Alemania. —Nos reímos ahí más forzado porque mi mensaje algo de advertencia, suave y disimulada, encerraba.

—Cuando tengamos las canciones se las mandamos.

—Glorioso. Fue un placer todo: la casa, ustedes, Ron y Lucas, a quien de repente oirán hablar en español.

Les hizo mucha gracia, pero me alteré cuando el chico me contó que él entendía, lo dijo en un español gangoso: *algo comprendou de esto idioma porque he estudiado unos meses en España*. Me reí aunque en el fondo trataba de recordar qué frases mías había registrado el loro y repetiría: seguro me haría quedar como una vieja desquiciada. Supuse que lo agregarían como rasgo del personaje en la canción: una mujer sin biografía, medio extranjera, que habla sola para ahuyentar sus fantasmas.

Quisieron que nos sacáramos una selfie los cuatro con la beba y otra con las mascotas, para cuando todos fuéramos famosos, dijo alguno, me hizo reír.

Nos saludamos en la puerta, me fui con el ánimo liviano, contenta.


Excepto el día de la llegada, mi estadía en York estuvo pasada por agua, llovió cada día de a ratos entrecortados, con diversas densidades: grueso, fino, sutil y polvoroso como la nieve. Ese viernes de mi partida todavía no había empezado a llover, pero estaba pronosticado para la tarde, aunque por suerte, supuestamente, en Liverpool tendríamos un día gris sin humedad. Al acercarme al centro, reconocí ese profundo olor a extracto de carne o sopa de tomate (no termino de decidir cuál, o los dos) característico del aire en cualquier ciudad inglesa; como faltaban un par de horas para tomar el tren, me senté a almorzar en un pub típico, Ye Old Fighting Cocks. De construcción tudor, parecía estar a punto de derrumbarse por el peso de los techos tan bajos que incluso yo, chiquita como un repulgue de pascualina, sentí la necesidad de doblar un poco las rodillas como si fuera a chocarme con ellos. Para llegar a sentarme, tuve que atravesar el laberinto de mesas y el tráfico incesante de gente que, acalorada por la bebida y las conversaciones a los gritos, entraba y salía con cervezas descomunales en ambas manos. Algunos bebían de pie o en las mesas de afuera, donde unas gallinas o gallos correteaban sobre el piso de tierra. Detrás del mostrador, el mozo iba y venía delante de un tumulto de botellas apiñadas en los estantes vencidos del bar. Una campana de cobre pendía encima del hogar ahora apagado. Una vez que anotó mi pedido, me senté en un rincón. Un rato después, justo delante de mí, un chico joven, con una barba en punta que ataba con una gomita, camisa blanca y tiradores, ocupó la silla frente al piano y empezó a tocar. Cuando sonaron las primeras notas, se hizo primero un silencio, después muchos parroquianos se sumaron para acompañarlo en el estribillo:

*And in her eyes, you see nothing*
*No sign of love behind the tears*
*Cried for no one*
*A love that should have lasted years.*

El pianista levantó la vista y la detuvo en mí, me hizo un gesto amable con la cabeza. Debió darse cuenta de que era foránea o nueva en ese lugar, una desconocida. Quizás incluso llegó a percibir que no podía comer porque quería llorar.

Ese día en la oficina de Ricardo acepté escuchar la versión de por qué me hacía ir ahí si estaba casado y tenía dos hijos chicos. ¿Son los de las fotos?, le pregunté y me paré para estudiarlas de cerca. Me parecieron fotos de otra época, como si la ropa y el corte de pelo de la mujer se correspondieran más con los ochenta, él dijo que daban esa impresión porque usaba una cámara antigua y la imagen estaba descolorida por el sol que entraba desde la ventana.

—¿Dónde están? Ahora.

Dejé la foto en su lugar. Volví a la mesa. Apenas mordí chiquito la empanada y mastiqué despacio, con la servilleta cerca de la boca, solo porque sentía un hueco vacío, frío, en el estómago, como si me hubiera tragado la luna.

—En casa, en la casa de Vicente López.

—¿No vivías en Belgrano, a unas cuadras de la Alianza?

—No, no, ahí vive mi abuela, los martes suelo aprovechar para pasar a verla, a veces ceno algo con ella o le llevo comida, tiene ochenta y vive sola.

—¿Y hoy?

—Me avisó que recibía la visita de una prima de Rosario y no tuve ganas. A Lía le dije que después de francés volvía a trabajar porque necesito preparar un informe complicado para los belgas y con los chicos en casa es muy difícil. Además de que tengo todas las cosas acá.

—Le mentiste.

—En absoluto, pienso trabajar más tarde.

No recuerdo bien qué me pasó, me atravesó una especie de pánico, ese frío caliente otra vez subiendo por el cuello hasta la frente, donde se agolpa y me hace ver todo saturado de blanco. Me pasa cuando me impresiono frente a algún relato o si veo una escena sangrienta, la famosa lipotimia que a veces no llega a provocarme un desmayo pero está ahí latente. No sé cuánto vasovagal.

—Sentate, por favor, estás pálida.

Me apoyé contra el respaldo del sillón hasta que las imágenes se focalizaron otra vez y supe que había recuperado la estabilidad, entonces sobrevino lo otro, lo que sigue: el calor infernal, el sudor repentino, la falta de aire en todo el cuerpo.

—Prefiero irme. —Agarré mis cosas, el saco, el bolso, un poco tambaleando.

—Te llevo, esperá. —Miró mi plato—. No comiste nada.

—No tengo hambre y ni siquiera sé qué hago acá, es todo… —Hice una mueca de rechazo, sentía enojo conmigo misma por ingenua.

—¿Me dejás que te explique?

—No, no me expliques nada, solo te pido que me llames un taxi.

—Sí, sí, pero tengo el auto en la cochera, te llevo y así te cuento en el camino. En serio, por favor, no tengas miedo de mí, soy inofensivo al cien por cien.

Bajamos a la cochera en silencio, yo aferraba mi abrigo y mi bolso contra la panza como una barrera de defensa, tenía los músculos de los brazos, el cuello y la cara tensos, me apreté contra la pared del ascensor como si pretendiera hundirme adentro. Cuando llegamos al subsuelo, antes de que él pudiera hacer nada, de un manotazo apreté el botón de planta baja y el motor arrancó otra vez, sin haber descansado.

—¿Qué pasa? —preguntó Ricardo, también estaba traslúcido, o quizás fueran la luz mortecina del ascensor y el cansancio, los labios secos manchados de violeta por el vino.

—Me voy a tomar un taxi en la calle —dije y salí disparada. Ni siquiera me di vuelta cuando gritó:

—Dorothea, dejame llevar…

Solté la puerta de vidrio detrás de mí y caminé muy rápido hasta la avenida. Estaba asustadísima, no solía andar por zonas como esa que a la noche se ponen peligrosas, y tomar cualquier taxi en Buenos Aires es siempre una apuesta muy jugada. Delante de un café todavía abierto, esperé a que pasara uno con el logo de una empresa. Entré corriendo a casa, paré a calmarme y adecentarme el pelo, la ropa, en el recibidor para que no me preguntaran nada.

El martes siguiente volví a ver a Ricardo en clase, llegó temprano, lo primero que hizo al entrar fue buscarme con la mirada. Lo vi demacrado, ojeroso, la ropa parecía más holgada de lo habitual, como si le sobrara por todas partes. Para evadirlo, improvisé una conversación con otra chica que solía sentarse cerca de mí. Al terminar la clase, demoré a propósito en salir, con la esperanza de que él se hubiera ido, pero estaba ahí firme, o pesado, del otro lado de la puerta del aula. No sé si fue esa vez que su apocamiento pulcro me hizo pensar en cierta similitud con el príncipe Carlos. Apenas dije chau muy rápido y seguí de largo, se puso a caminar detrás de mí.

—En serio, permitime explicarte, una oportunidad te pido, no quiero que pienses mal de mí o que te quedes con una idea que no es.

—No puedo, tengo que volver a casa. —Apuré el paso.

—Camino con vos.

—Son seis cuadras, no creo que alcancen para explicaciones tan delirantes.

—Yo las hago alcanzar. —Ajustó el trote a mi ritmo, hablaba agitado.

Monologó las seis cuadras, o cinco, porque lo hice frenar una antes de llegar a mi esquina, lo último que faltaba era que mis padres me preguntaran por este hombre y tener que decirles que se despreocuparan: me persigue pero no hay de qué inquietarse, está casado. En oposición al noventa por ciento de los padres, los míos nunca tuvieron interés porque los dejara por fin solos, al contrario. Mary suele repetir que no tengo hijos porque tengo estos padres.

Casi sin aliento, Ricardo decía que él y la esposa, Lía la llamaba, llevaban unos diez años juntos. Ella era pediatra. Los hijos que en la foto tendrían uno y dos años ahora estaban en los cuatro y cinco. Julia y Pablo. No sabía bien qué había pasado pero el nacimiento de los chicos, tan seguidos además, lo había revolucionado todo de semejante manera que atravesaban un largo período de distanciamiento. A pesar de los intentos de reconciliación, terapia de pareja mediante, la brecha se pronunciaba. Se trataban alrededor de los hijos y la familia para mantener las apariencias, pero en el fondo parecía insalvable, hacía dos años que dormían en distintos cuartos, él usaba el de invitados.

—¿Tiene sentido? —pregunté. Fue lo único que pronuncié en todo el trayecto.

—¿Qué decirte? ¿Lo tiene? Desconozco. Tal vez sí, para no desarmarles la familia a nuestros hijos, para que no se sientan en desventaja del resto de sus amigos o primos, donde hay casas armoniosas, con papá y mamá a la hora de bañarlos, comer, llevarlos al zoológico o a la plaza.

No contesté, carezco de experiencia para opinar sobre el tema; soy muy consciente de que para criticar hay que poder ponerse de verdad en el lugar del otro. Él siguió dándole vueltas, como si se lo expusiera más a sí mismo que a mí. Ese día nos despedimos así, yo muy seca, no me atreví a preguntarle qué se suponía que quería de mi parte porque su amante no pensaba ser. Nunca y de nadie. Pero al rato de que se fue, cuando la indignación bajó varios decibeles, cedió al sentimiento de culpa por haber sido tan dura, tan arisca, de ni siquiera haber hecho el intento de entenderlo o simular que lo entendía, poner el oído de amiga. En lugar de entrar en casa, seguí caminando para poder pensar. Si él en ningún momento había hecho ni dicho nada indecente como para que yo me ofuscara, solo intentaba compartir su historia, una muy común además. ¿A cuántos matrimonios les pasaba? ¿Y la infinidad de casos de los que uno ni se enteraba? Que fuera hombre y yo mujer no lo marcaba necesariamente como un potencial violador o como alguien con malas intenciones. Pero ¿y por qué no me había contado lo de la esposa, lo de la familia, en el bar, antes? ¿Por qué me llevó al departamento para decirme *eso*? Tal vez le pesaba hablar de una situación que le preocupaba y le dolía, le había hecho falta entrar en confianza y sentirse resguardado en su espacio para poder abrirse. ¿Y por qué no tenía anillo de casado? ¿Tenía o no tenía? Igual hay parejas que no usan.

A medida que avanzaron los días seguí recordando su discurso, se me aparecían fragmentos de la explicación enmarañada, me volvía la imagen de la foto en la oficina, con la mujer más joven y los nenes chiquitos, pensé que quizás tenía esa ahí porque en aquella época todavía se llevaban bien. Empecé incluso a observar a mis padres de otra forma. Nunca se habían destacado por una relación muy sintonizada ni de compañerismo o disfrute visible, al menos no lo manifestaban. Más con Enrique, que había sido desde temprano un factor de discusión permanente, el vínculo entre ellos se veía resquebrajado, agrietado, náufrago, como de subsistencia. Un artefacto puesto a funcionar más que un deseo. ¿También se habían quedado juntos por nosotros? ¿O por comodidad? Papá sin mamá no podía cocinar un huevo duro. Mamá sin papá carecía de recuerdos o recursos propios. Lo comenté con la psicóloga sin hablarle hasta ahí del reciente descubrimiento sobre Ricardo, me daba demasiado pudor, no sabía ni por dónde empezar. Me sentía tontísima por no haber sospechado nada con todo eso de vernos a escondidas en el fondo del bar y después lo de comer en su oficina. ¿Quién invita a alguien a quien no conoce demasiado a cenar a su oficina?

DOROTHEA, UNA PREGUNTA, le escribí al teléfono: ¿Y esas obras que tenés en tu cuarto? ¿Van a pasar el resto de tus días abarrotadas ahí sin ninguna utilidad? Quería poder insistir: Dorothea, nunca vi nada igual. Es increíble. Sin embargo me contuve porque habría delatado mi intromisión, las horas que me pasé entre que me puse a bajar las carpetotas esas, guardadas en lo alto de sus armarios dobles, haciendo equilibrio sobre la escalerita para que no se deslizaran los dibujos sobre la cama o en mi cabeza, y después, el tiempo que invertí en mirarlos, uno por uno, sin poder creer tamaño tesoro, desperdicio de creatividad.

Los vi cuando quise meter mi valija, le mentí, para que no creyera que andaba revolviendo entre sus cosas, aunque en cierto modo sí.

Ella contestó otros temas de mis mensajes, pero eso último no.

Una tarde, un poco después, subí al estudio del tío, en la tercera planta; me pregunto cómo sigue llegando hasta ese

97

altillo sin problemas, pronto las piernas no se lo van a permitir, supongo, aunque es un tipo ágil todavía, pese a sus costumbres nada saludables y algo de sobrepeso. Lo que se asegura, además, es que no suba Sofía, porque a ella sí le cuesta, eso le garantiza a Robert unas cuantas horas diarias de ensimismamiento absoluto. A veces ella lo llama a comer, desde abajo a los gritos, o por consultas de lo que sea, e igual él no baja, contesta desde ahí sin moverse; muchas veces ni contesta, elige qué merece la pena responder. Muy a menudo le tira un papel que ella recoge cuando pasa y ejecuta sus pedidos. En ocasiones lo hago yo también, veo uno de sus papelitos celestes, doblado en varios pliegues, en el piso, lo levanto y leo: si podemos acercarle una botella de agua fresca, si alguien le compra por favor un pincel X en la librería artística o en Mercado Libre, si alguna podrá despachar una carta que escribió para tal. Cuando lo que tiene es hambre, le pide a su mujer que le deje la comida en el descanso de la escalera, que él la busca. Una vez le ofrecí llevársela hasta arriba pero se negó, contestó con un cortante «Dejala nomás ahí», como a una sirvienta, si bien lo conozco y sé que es su estilo. Es preferible que nadie ponga un pie en su reino.

Igual lo entiendo, si yo estuviera poseída por una pasión así, querría la más completa autonomía, adoraría la soledad sin límites que en cambio, así como soy, no tolero. Desposeída de toda virtud específica, me vuelco completa en mi ser sociable, me disemino, me diluyo en cualquier círculo humano en el que encuentro un nudo donde perderme. Soy capaz de lo que sea con tal de no estar mucho por mi cuenta. Al final lo mío no sé si no es otra manera de aislarme de mí misma. A veces, cuando medito acerca de la férrea soledad del tío y el obstinado autoencerramiento de mi prima, siento envidia. Ellos saben quiénes son, siempre lo supieron, está expresado en el mismísimo trabajo de sus manos, en la chifladura de sus cabezas, no en cualquier otra actividad que se gesta y se consume en el aire como las tareas insustanciales a las que nos dedicamos las personas como la tía o como yo. Roberto y Dorothea, pese al inventario infinito de tonterías y yerros que uno pueda cuestionarles, saben perfectamente lo que esconden adentro, yo a duras penas.

Total, decía, subí al taller, cada tanto subo, un poco de prepo. Si es hablar sobre su obra, al tío le gusta, si la conversación se deriva hacia otra parte, se impacienta muy rápido, diría enseguida. O monologa sobre lo que está pintando y sobre la porquería, la basura catastrófica, de lo que hacen otros artistas hoy en día, se creen que cualquier zapato roto o cáscara de banana puesto en el territorio de un museo es arte. Se indigna tanto que a veces se agita y se agota, tiene que sentarse, trato de no dejarlo ir por esos debates.

Esa vez se me ocurrió llevar conmigo algún trabajo de Dorothea, elegí los tres que más me impresionaron de los que había encontrado guardados en el armario. Tenía pánico, claro, que después se lo comentara a su hija y ella me odiara por intrigante. Le aclaré a Robert que quería preguntarle sobre eso que había encontrado entre las cosas de mi prima pero que por favor no le dijera, que era una pregunta de sobrina a tío, sin intermediarios, buscaba una opinión desinteresada, honesta. Como había estado al menos cuatro horas pintando sin descanso, cuando vio que desplegaba unas hojas enormes sobre el tablero que tiene contra la pared, se sentó y me pidió que se las abriera sobre el piso, delante de sus pies. Así los veo mejor, dijo. Le estiré uno, lo miró un rato inclinado hacia adelante, doblado sobre su barriga, hizo unos sonidos guturales que no entendí. Con un gesto de la mano, respirando fuerte, me indicó que pusiera otro, lo apoyé encima con cuidado, mencioné algunas cosas que me parecían muy destacables, no respondió: lo observé, en su cara no descubrí nada relevante. Planté el tercero: este es directamente una maravilla, fue imposible controlar mi punto de vista, no sé callarme cuando me emociono. Él en cambio se reclinó contra el sillón, cerró los ojos. Recogí los dibujos en silencio, los fui enrollando, a la espera de que comentara algo, algo, dos palabras, una sílaba, un soplido por la nariz, pero parecía dormido.

—Tío, ¿qué te parecen?

—¿Qué cosa, querida?

—Los trabajos de Dorothea.

Otro silencio larguísimo, la sensación de que se dormía.

—Están bien…

—¿Están bien?

—Están bastante bien, pero sabrás darte cuenta de que se trata de un arte un poco elemental, cómo definirlo…, infantil, primario, quizá. Ahora que lo pienso, interpreto que sería de gran interés para ciertas editoriales que imprimen esos libros para chicos, esos libros grandes, muy ilustrados, con buena calidad de papel, ¿cómo les dicen ahora?

—¿Libros álbum?

—Esos, precisamente. Es una buena ilustradora, sin duda. Como Henry, tengo entendido, es un fotógrafo interesante. A los dos les dio por este lado tan peculiar de retratar la naturaleza. La naturaleza en lugar del ser humano. Hay que ver qué curioso, jamás se me habría dado por algo así.

—Lo de Henry no sé, pero en mi humilde opinión, lo que Dorothea hace es tan distinto de todo lo que he visto. Ni siquiera diría que se refiere a la naturaleza, o sí, aunque en verdad lo que ella crea son mundos sobrenaturales, fantásticos. No tan diferente del primer Henri Rousseau, ¿no?

—¡Ah, Rousseau! Arte naif, fantasioso, poético, podría verse cierta familiaridad, pero, querida, Rousseau fue un prodigio, emblema de toda una corriente, no puede ni traerse a la comparación. —Se atoró y tosió—. En todo caso, a lo sumo, podría pensarse en cierto aire de otra francesa, Séraphine Louis, por ahí anda...

—No conozco a esa artista. Sé que tanto Rousseau como Lowry fueron muy cuestionados en su época, tío, lo sabés mejor que nadie, tildados justamente de pueriles, de básicos, de no sé cuánto, y se los encumbró después, entonces ¿cómo sabemos que esto no tiene un valor...?

—Séraphine Louis también pintaba plantas y flores de estilo naif, muy original, por cierto; como no podía comprar pinturas, usaba materiales naturales: tierra, la cera de las velas, sangre. Fue apreciada muy tarde también, igual hoy pocos la recuerdan.

Si no lo hubiera interrumpido, habría seguido dando clases de arte, hilando un nombre con otro, un movimiento con el siguiente, en una enumeración galopante.

—¿Y lo de Dottie, no podría ser un caso así? —pregunté ya casi con desesperación. Sentada en el suelo de cemento frío, entre los dibujos, a sus pies, me sentí como una pordiosera que imploraba limosna.

—Funcionaría para chicos, chiquitos, digo. En ese sentido sí que andaría fenómeno.

Siguió balbuciendo algo que ya no reconocí, me puse de pie con los papeles enrollados en la mano, se fue quedando dormido, bajé al mundo de los mortales.

# AL DIABLO

«Es posible habituarse al arnés
y terminar corriendo con él
sin dificultades.»

ELIZABETH BARRETT BROWNING, *Cartas*

A eso de las cuatro bajé del tren y atravesé la imponente estación de Liverpool en diagonal, menos abrigada cada vez porque la primavera iba abriendo puertas y jardines a mi paso. Aunque mi cuerpo denotaba ya cierto cansancio y algún que otro malestar puntual, el hecho de que oscureciera más tarde, que no lloviera y que las flores se hubieran desparramado por todas partes creaba un clima que me recargó las energías.

En el extremo opuesto de la relajada Mrs Oliver, la propietaria de la casa en Liverpool se había comunicado conmigo a través de todas las vías disponibles: extensos correos electrónicos, larguísimos audios y textos escritos al teléfono para reconfirmar que los emails hubieran sido lo suficientemente descriptivos, sin dejar por eso de reasegurar cada tema con sucesivos llamados, un par incluso con cámara. Ya sabía que en ese caso tampoco íbamos a vernos por incompatibilidad de horarios con el vuelo de Mrs Mackenzie a Estados Unidos, adonde viajaba para visitar a sus tías.

Al preguntar en la estación por el barrio de Woolton, descubrí que no quedaba en el centro de Liverpool, sino hacia el sur, a media hora en bus. Tomé un taxi y a medida que nos acercábamos a destino, me preocupó notar que llevábamos un rato recorriendo calles y calles de casas, aquí y allá alguna iglesia, un gran parque, un campo de golf, sin atisbo de cierto movimiento comercial. ¿Dónde hacía las compras la gente? Temí que fuera de esos lugares residenciales donde todo se resuelve en auto.

El taxi se desvió de la avenida y se detuvo en la curva de un callejón sin salida, frente a una única casa de piedra beige y techo de pizarra, muy amplia aunque modesta, repartida en dos plantas con altillo, a simple vista un poco deteriorada y bastante aislada de otras propiedades.

—¿En la vieja rectoría? —consultó el conductor.

—No sé. —El aspecto abandonado de la casa me desorientaba, ¿y si había copiado mal la dirección? Igual la tendría en algún correo—. Me dijeron Belvedere Cottage.

—Ah sí, sí, ahí lo pone, mire, en el cartel de entrada. Para nosotros es la vieja rectoría, la casa de los Mackenzie.

—Eso es, exacto. Muchas gracias.

La llave estaba escondida arriba del alero de chapa de la puerta principal; la encontré después de mucho tantear, en puntas de pie. Apenas asomé al interior, el galgo primero retrocedió y ladró a la defensiva, mostrando los colmillos, pero en cuanto le hablé con voz dulce, hizo unos gemidos indecisos y vino a olisquearme la mano que le extendí. Lo palmeé en la cabeza y entré el equipaje. Minutos después de acomodarme, avisé a la dueña: tanto la casa como el animal estaban perfectos. Desde el aeropuerto, la mujer disparó unos siete textos como quien ametralla a un condenado a muerte.

Por dentro parecía una de esas casas que una imagina como escenario de las familias protagonistas, casi siempre humildonas, en las novelas de Jane Austen o las hermanas Brontë. Los muebles antiguos de madera con volutas fileteadas se confundían con el piso y la *boiserie* de las paredes. Una vitrina imponente, atestada de vajilla, se extendía en un lateral entero del salón; los platos con diseños bucólicos decoraban otras paredes cubiertas de empapelado ya de por sí florido. Completaban la decoración cortinas y almohadones de terciopelo, diversas mesas auxiliares cubiertas total o parcialmente con caminos de *broderie* sobre los que se apoyaban lámparas antiguas, ceniceros de metal dorado, un cuenco con piedras pulidas, uno con caracoles y otro con caramelos seguramente endurecidos, una alfombra de arabescos desteñidos debajo de la mesa de centro, en medio de tres sillones y una chimenea importante. Algunas ventanas tenían vitrales como los de las iglesias, por lo que —entre eso y el clima gris de fuera— la luz que entraba era extraña, tirando a escasa.

Luego de dejar mis cosas en el cuarto debajo de la escalera y servir la comida del perro, comprobé que las puertas del frente y la del fondo tuvieran echada la llave, encendí algunas luces para disuadir a posibles ladrones y busqué la ensalada que había comprado, precavida, en la estación. Me senté a comer en el sillón del living, frente a un televisor viejo en el que puse las noticias. Tenía pensado bañarme e irme a dormir pronto, pero entonces oí primero un saludo entre vecinos afuera, un silbido más próximo y enseguida un ruido en la cerradura. ¿Es *esta* cerradura?, me puse alerta. Sí, es *la mía*. Con una mano tomé la primera arma que detecté alrededor —un atizador de la chimenea— y con la otra retuve al cachorro por el collar; así esperé mientras la figura de un hombre alto, íntegramente vestido de negro, sin mirarme, se detenía en el recibidor y todavía silbando, como una sombra imponente, colgaba el saco y un sombrero en el perchero de entrada.

—Quédese ahí o le pego —grité, o bueno, aceptemos que pronuncié en una voz dorotheicamente alta que equivale a una baja o contenida si se la compara con el timbre promedio de las mujeres en situaciones de ese calibre. Enarbolaba el atizador con más actitud de terror que de amenaza; más como si estuviera por lanzar un par de boleadoras para atrapar un jabalí por las patas, a ras del suelo, que como un arma que se asesta sobre la cabeza de alguien.

—Tranquila, por favor tranquila —pidió el desconocido, con una voz honda, de cuerno de elefante, reforzaba el pedido con dos manos carnosas que extendía en señal de paz—. Soy Mackenzie. Father Mackenzie —completó en un tono pacífico, con la puerta todavía entreabierta detrás de sí. Además sonreía, algo le hacía gracia. ¿Qué de todo?, pensé molesta.

Afuera todavía el cielo se veía claro, el perfume del pasto mojado por la lluvia se filtraba por la puerta, se sentían grillos o cigarras, o vaya uno a saber qué eran. Quizá murciélagos.

—Usted será un loco lunático —hablé fuerte con la garganta seca, carraspeaba para humedecer la boca.

La cabeza me funcionaba a una velocidad feroz. Verse asaltada en la ciudad de Los Beatles por un sujeto que aseguraba ser el padre Mackenzie y que llegaba de forma imprevista a una casa ajena así…, sí, claro y yo, yo soy Mrs Robinson… ¡Justo! Sin embargo, era verdad que llevaba traje negro con alzacuellos blanco, entonces dudé.

—Espere. —Intentó acercarse.

Instintivamente, retrocedí.

—Voy a soltar al perro, pero si lo toca, si lo toca, le juro por mis padres que le parto la cabeza con esto —lo amenacé con la indefinición de quien se debate entre comprar queso de cabra o camembert en la feria.

Igual de temerosa liberé al animal, que se lanzó encima del hombre y empezó a darle saltos alrededor hasta casi chocar las dos cabezas. Me sorprendí de que no ladrara, como en cambio había hecho conmigo; hay perros ingenuos, incapaces de agredir o de dar alarma. El intruso se rio con carcajada, se agachó y logró calmarlo.

—¿Entonces la señora Mackenzie no le dijo? —Se mordió el labio y negó con la cabeza en un gesto de resignación—. Soy su esposo. Disculpe, una especie de ex marido. —El perro le acercó un hueso de juguete del que tironearon los dos, el hombre con unos dedos gruesos como chorizos de campo—. Lamento terriblemente que ella no le haya aclarado que iba a encontrarme acá, aunque por otra parte no me sorprende, es esperable de Martha.

Aflojé el hombro ante el nombre de Martha, pero no bajé el brazo, mantuve la lanza en posición de ataque. Usé la mano libre para sacar el celular del bolsillo y pulsé con el pulgar el número de la dueña de casa, quien por supuesto atendió enseguida asustada, temiendo lo peor: de inmediato aclaró que el avión estaba a punto de despegar, que por el amor de Dios, Miss Dodds, no le diera una mala noticia. La interrumpí bruscamente:

—El problema no es el perro. No, no, Bruno está bien, le prometo, se lo aseguro, de verdad. ¡Por favor, óigame! Un hombre acaba de entrar a la casa con una llave y dice, dice, escúcheme por favor, dice ser su marido… Sí, sí, Mr Mackenzie. Father Mackenzie… —Mientras hablaba, observé el modo en que se había transformado la expresión del individuo frente al cachorro; con una rodilla en el suelo y la otra flexionada, sostenía las patas huesudas del animal sobre los hombros, el galgo le lamió la cara que el hombre apartó y se secó con la manga. Incluso arrodillado, se veía alto, robusto. Una montaña.

Al teléfono, Mrs Mackenzie seguía justificando frenética-
mente la razón por la que su exmarido iba a coincidir —lo
siento mucho, Miss Dodds, se suponía que él también estaría de viaje y al final lo canceló— en Belvedere Cottage.
Ante mi recriminación de por qué no me había anticipado
algo, al menos estos últimos días, aunque fueran horas, me
habría evitado el traslado, la pérdida de tiempo y todo ese
disgusto, más allá de que me obligaba —esto no lo dije,
lo pensé— a verme en la espantosa situación de decidir
si aceptaba convivir con ese señor durante veintidós días
o renunciaba y me volvía a Londres. La mujer se deshizo
en disculpas, si bien en el fondo me resultó todo bastante
impostado, por no decir falso. Aclaró que su marido había
suspendido el viaje muy sobre la fecha y hasta el final ella
había tenido la esperanza de que se arrepintiera, por eso me
rogaba —me imploraba casi con llanto— que por favor no
la —no los, a ella y al perro— dejara. En un discurso atropellado y poco claro, aseguraba que no iba a cruzarme con
el tal Mackenzie: tenían —me pareció que esto ya lo decía
en otro tono, en voz más baja, con vergüenza— la casa, y la
vida, organizadamente dividida. Repitió que él era un buen
hombre, solo que incapaz de ocuparse de Bruno, por eso
ella había preferido seguir adelante con mi visita. Créame,
por favor, créame, Miss Dodds, no corre peligro, ni se va a
enterar de su existencia.

—Es cierto, vivimos juntos separados, por raro que suene
—me explicó más tarde Reginald Mackenzie cuando yo,
después de dar varias vueltas que sí, que no, accedí a sentarme un momento en la mesa de la cocina mientras él buscaba
cosas en la heladera para picar. Rechacé la copita de brandy
que me proponía para aflojarme.

—Vea, usted quizás ya sepa que los curas ingleses pueden casarse, pero seguramente no sabe que divorciarse es un asunto más bien delicado.

—¿No está permitido?

—Permitido, técnicamente sí, cada quien es libre de hacer su camino, pero el impacto que eso pueda tener en la comunidad de fieles, en fin, no es lo más recomendable en un entorno eclesiástico, como imaginará. Modesto y poca cosa como me ve, para este pueblo soy alguien, un ministro de la iglesia anglicana, a la que represento en cinco parroquias de la zona. —Se armó un sándwich con fiambre. Me ofreció pero negué con la cabeza—. Separarse de hecho, irnos cada uno a una casa distinta, podría ser mal visto en cierta forma, por la gente y por el clero en general. Nos eligen para dar el ejemplo.

—Bueno, aunque también algo así es muy humano y podría acercarlo en lugar de distanciarlo de la gente, habrá quienes se separan por acá, ¿no?

—Es una manera muy optimista de verlo, no le digo que sea una óptica equivocada, pero es más complejo que eso.

—Igualmente termina siendo más ventajoso este tipo de complejidad que el celibato del clero católico, tan contranatura que lleva directo a los abusos.

—Bueno, en eso debo abstenerme de opinar o si quiere lo conversamos largamente otro día. Ahora le voy a ser honesto y, por favor, le ruego que todo esto quede entre nosotros. Mire —terminó de masticar y pareció analizar lo que va a decir—, lo cierto es que mi esposa y yo tampoco tendríamos margen económico para sostener dos casas, no hay forma. Martha nunca trabajó y le atrae…, digamos, llevar una buena vida. Esta casa no es mía, pertenece a la curia; si dejo de ejercer como vicario, inmediatamente la pierdo. En cambio, si continúo, tendré una residencia incluso donde retirarme. Debe oírse como algo calculado con frialdad, créame que no.

—Entiendo, suena lógico que no dejen salir a la luz sus diferencias, aunque debe ser incómodo sostener la convivencia así.

—Es reciente, no estamos del todo seguros de lo que queremos hacer, si seguir juntos o no, ni en qué medida seremos capaces de llegar a nuevos acuerdos, digamos, personales, íntimos. Disculpe que le cuente estos detalles, pero una vez más Martha, con sus acciones impulsivas, no me deja otra opción. Aquí estoy, yo con usted, teniendo que blanquear lo que ella opacó, y usted, víctima de una especie de enredo forzado. —Aunque por la descripción podía ser un drama, él lo contaba no con alegría, pero con un aire de naturalidad tal que sonaba liviano.

—¿Lo de su viaje suspendido es verdad? —quise saber, si bien me resultaba feo desconfiar de su mujer.

—Bueno, es decir…, en parte. Hubo un momento en que consideré viajar con ella para ver si ese viaje, fuera de los entornos cotidianos y la rutina, nos conectaba de algún modo distinto. Hice mal en dilatar hasta el final la decisión, y sin embargo Martha tendría que habérselo comentado antes, no tiene excusa.

—¿Para qué me quiere a mí si está usted?

—Como le dijo, no confía en mí para ocuparme del perro.

—¿Por qué?

—Porque estoy poco en casa y este, al ser un cachorro, necesita atención, en especial desde el punto de vista de mi esposa, que exagera todo lo relacionado con su bebé. —Se puso rojo cuando se rio—. Creo que se sentía más tranquila sabiendo que habría una persona ocupándose exclusivamente de él. Y tal vez tenga razón. No sé si ella le habrá advertido, supongo que sí, Bruno está en un período en que destruye todo: nos ha mordido las puntas de los muebles de la cocina, las patas de la mesa del living, de las sillas, hace pozos en el jardín de atrás, ya destrozó no sé cuántas camas de perro que le compra ella, insistente. Yo digo que lo deje dormir en el suelo, así aprende...

—No sé, es todo tan...

—Raro, sí, lo lamento.

—De hecho, podría irme mañana mismo.

—Por favor, no, de ninguna manera, se lo suplico.

—Hagamos una cosa, piénselo bien esta noche, háblelo mañana con ella y, si prefieren, no tengo ningún problema en volver a Londres enseguida.

—Ni lo sueñe, en cuanto a mí, está perfecto así. Y si le molesta mi presencia, sepa que vamos a vernos casi nada —agregó antes de llevarse el sándwich a la boca—. Martha vive en la planta de abajo con el perro, donde se instaló usted; yo, en la de arriba, nos separa la escalera. Ya le haré un tour para que conozca la casa. Es muy grande porque los curas de antes recibían a los obispos cada tanto aquí, luego esa costumbre se fue dejando, o continúa en residencias más importantes que esta.

—Igualmente, habrá muchos momentos en que se encuentran, usted y Martha.

—Solo nos cruzamos a veces en la cocina o el jardín, aunque tratamos de evitarlo. Ya lo sé, es ridículo. Nadie en su sano juicio puede querer vivir así. —Señaló con resignación un calendario pegado en la pared.

Miré el calendario de cerca mientras el cura lavaba los platos: en distintos colores habían elaborado —Martha seguramente— una agenda con fechas y horarios. En rojo estaban los ratos en que ella usaba la cocina, el lavadero o el jardín, por lo general más de día; en negro, los de él, usualmente más hacia la noche. La heladera y las alacenas también estaban segmentadas: los estantes de arriba eran para él, por su estatura, los de abajo para la mujer.

Asentí y, cansada ya de esa conversación, le dije que precisaba ducharme y acostarme. Le expliqué que no había visto tiendas cuando llegué, dónde podía comprar algunos víveres. Abrió las alacenas y señaló que comiera de ahí lo que quisiera, y me mostró dónde se guardaban los productos de limpieza. Luego me explicó cómo llegar a pie hasta una pequeña pero abastecida zona comercial.

A pesar de las sábanas limpias con que vestí la cama, ese olor que sentía al fondo, en la almohada, como a perfume de maquillaje, debía ser de la señora Mackenzie. La noche era bastante más fría en ese entorno despoblado, me puse un buzo arriba del pijama. Escuché cuando el padre Mackenzie subía las escaleras y andaba por la planta de arriba, el suelo de madera crujía de un modo terrible. Me sentí más inoportuna que nunca en todo ese periplo, por lo que cerré fuerte los ojos para conjurar rápido el sueño. En lugar de dormirme, me embarullé pensando cuánto se parecía esta situación bizarrísima de los Mackenzie a la que en otra época Ricardo atravesaba con su matrimonio.

Después de aquella discusión en la esquina de casa, Ricardo no vino a la clase siguiente, lo que me generó sentimientos opuestos. Por un lado, me invadió la liberación de no tener que verlo nunca más, dejar de lidiar con toda esa historia que ni siquiera terminaba de convencerme. Sin embargo, cuando tampoco vino el otro martes y faltó una tercera vez empecé a impacientarme. Incluso la profesora preguntó si alguien lo conocía y sabía si iba a volver, algunos me miraron más o menos directamente sin que eso me forzara a responder.

Si en aquella época hubiera existido internet con la funcionalidad de ahora, habría escrito su nombre en un buscador para encontrar alguna información, pero la web estaba entonces en una fase más bien prehistórica. La fantasía de que se hubiera suicidado me rondaba. Pensaba que alguien lo había visto conmigo, le habían contado a la mujer, habían tenido una pelea y él se había tirado por el tercer piso de su oficina, aunque no estaba segura de si esa altura alcanzaba para matarse. Recordé el techo de lata del supermercado chino, justo abajo. O peor, quizás había quedado internado sin morir, todo tullido. Otras veces pensaba que se había reconciliado con la esposa y habían decidido hacer un viaje los cuatro, paseaban felices como se la veía a la mujer de la foto con los dos bebés. Muy a menudo trataba de imaginarme a Lía físicamente a partir de lo poco que se adivinaba en ese retrato, donde no se mostraba la cara, sino solo el perfil: una mujer esbelta, delgada, con el pelo rubio, enrulado, los jeans de botamanga ancha. O me perdía fantaseando acerca de su personalidad y la relación entre ellos dos, tanto en los buenos como en los malos momentos. Algunas veces —me cuesta admitirlo— me inventaba escenas en las que Lía se moría y yo ocupaba su lugar con Ricardo y sus hijos. No terminaba de entender por qué, si en ningún momento había aceptado estar locamente interesada por él.

Una mañana en que tuve que salir a hacer compras y despachar unas cartas de papá, pedí en el correo las páginas amarillas del Gran Buenos Aires, en casa solo teníamos el tomo de la capital. Ni siquiera sabía por qué hacía eso: qué buscaba y, en todo caso, qué pretendía hacer. ¿Llamar? ¿Ver si me atendía él y cortar, solo para saber que estaba vivo? ¿Que me atendiera la mujer y presentarme como una compañera de francés a quien la profesora había pedido indagar qué pasaba con Ricardo Grau? Estúpida idea, primero porque quizás él no le había contado a Lía que tomaba un curso de francés; segundo, porque para eso estaban las secretarias del instituto. Podía entonces hacerme pasar por una secretaria, aunque todo era un recurso mental, ya que no tengo —mucho menos de más joven— ese tipo de agallas. Mientras revisaba la G en la guía telefónica, me pregunté por qué, si vivía en Vicente López, no hacía el curso en la sucursal de la Alianza Francesa de esa localidad. Me respondí que para ver a la abuela y porque su oficina sí estaba cerca. Encontré algunos Grau en Vicente López: ninguno eran Ricardo o Lía, quizás ellos alquilaban esa propiedad o la habían heredado o estaba a nombre de Lía con su apellido de soltera. En casa busqué en el tomo de la Capital: si encontraba alguna familia con ese apellido en Belgrano podía corresponder a su abuela, si es que era del lado paterno, tampoco lo sabía. Pero no había ningún Grau en Belgrano, aunque figuraban algunos en la zona de Palermo, donde tenía la oficina, que no coincidían con el nombre ni con la calle que yo había visitado esa noche. Demasiadas elucubraciones, ¿qué significaba toda esa pesquisa acerca de una persona, después de todo, desconocida?

Las tres semanas que Ricardo faltó a clases lograron debilitar mi estado defensivo, mis certezas rectas o mis altos prejuicios acerca de que un hombre casado pudiera mantener amistad con otra mujer. Recordar el modo en que yo había reaccionado las dos veces —al escapar del departamento como si huyera de un psicópata y la segunda, cuando lo tuve corriendo detrás de mí todas esas cuadras para justificarse como si hubiera hecho algo espantoso, sin despedirme bien de él— me provocó primero culpa, después angustia y finalmente bastante ansiedad. Todo eso junto hizo que, al confirmar su ausencia la tercera clase, no resistiera más y lo hablara con Mary, aparte de la psicóloga. Ambas coincidieron como hacían siempre: por favor, Dorothea, el hombre solo está intentando acercarse como amigo, ¿quién te dijo, de dónde sacaste, por qué presupones, qué te hace pensar? En todo caso no te adelantes; si vuelve, dale otra oportunidad, escuchalo, enterate bien de qué le pasa y qué quiere, si es que te importa, claro. No hace falta tener un romance, puede convertirse en una compañía con quien charlar, nadie dijo que comer con un señor sea tener un amante. Bueno, quizás te llevó a su oficina porque es mejor que el bar de la Alianza, y es seguro que si te hace sentar al fondo es para evitar ser visto, desde ya, no sé si es lo mejor, él debería poder tener conocidas y que su esposa lo aceptara, aunque si están en esa situación tan compleja, resulta entendible que quiera obviar más motivos de enfrentamiento con ella y por eso elige lugares poco visibles, yo que vos no me haría tanto drama sin aclararlo con él como conviene.

Ricardo reapareció, mantuvo una conversación en voz baja con la profesora junto a su pupitre y se sentó donde había un banco libre, adelante de todo. No me miró, eso fue quizás lo más duro: cada vez que entraba a clase, lo primero que hacían sus ojos era buscarme, incluso —tal vez me lo inventaba— esbozar una muy tenue sonrisa. Ese día no se dio vuelta para mirarme en ningún momento, ni siquiera cuando la profesora preguntó quién sabía lo que expresaba el tiempo verbal condicional y yo levanté la mano. Mientras respondía vi que él se mantenía de espaldas. Al terminar la clase junté mis cosas con cierta rapidez, esperanzada de poder hablarle afuera, me había pasado la hora y media elaborando el discurso que le diría, pero cuando lo busqué ya no estaba. Al salir del aula lo vi irse muy rápido. Parecía más arreglado o mejor vestido que otras veces, ya que no solía tener muy buen gusto con la ropa ni esmerarse demasiado en las combinaciones. Todas sus prendas daban el aspecto de cuidado, si bien se notaba que debían tener, más que años, décadas de uso. En mi casa no era muy distinto porque papá detesta el derroche y, de todos los gastos habituales, el que más aborrece es el de la ropa, un aspecto tan superficial de las personas, dice. Lo que se compra se usa hasta romperse; lo que se rompe vuelve a unirse, adoctrinó desde que tengo memoria.

Ese día, no sé si es que Ricardo había mejorado el teñido del pelo, menos rojizo o menos notorio, o se había peinado distinto o se había recortado, y alguna otra cosa que me resultó nueva, dudé entre el suéter bordó y las zapatillas negras. Al mirar hacia atrás, pienso que posiblemente estaba igual, con la misma ropa de las otras veces, y el mismo corte o color de pelo, solo que yo lo veía diferente. Quería a toda costa verlo diferente. El martes siguiente lo esperé antes de entrar al aula y le propuse tomar un café a la salida. Mientras le hablaba, él miraba la pared, al final dijo okey sin mucho entusiasmo. Ahí sentados, en nuestro lugar de siempre, volvió a contarme todo lo mismo, solo que esa vez lo dejé explayarse y no reaccioné mal. Después de eso, me parece, se quebraron ciertas resistencias entre nosotros, hablábamos con mayor naturalidad y padecíamos menos las pausas donde no había nada por decir; la cortedad forma parte de ambos caracteres y siempre está presente en nuestra manera de relacionarnos, pero aprendimos a convivir en sintonía inarmónica. ¿No será esa la esencia del amor?


Father Mackenzie llegaba cada tarde entre las seis y las siete, anticipado por el quejido del cachorro, que lo percibía desde un par de cuadras antes: rascaba la puerta y olisqueaba por debajo cada vez con mayor agitación. Era la señal para yo arreglarme el pelo, tantear si tenía bien abrochada la camisa, sentarme erguida, acomodar lo que estuviera fuera de lugar. Todas las veces, después de saludar, colgar sus prendas y jugar unos segundos con el cachorro, el sacerdote iba derechito al carro con las botellas, se servía una copa, me ofrecía otra, yo todas las veces no, no bebo, la misma formalidad. Para evitar la indiscreción, permanecía con la vista fija en la pantalla de las noticias, a las que no prestaba demasiada atención. Me servía como escudo, así él evitaría hablarme, pero a Mackenzie le daban igual las noticias y se ponía a conversar, incluso quizá como una obligación y una deferencia hacia mí, que había estado tantas horas solitaria (y encantada, si me hubiera preguntado).

—Entonces, su familia es de Londres —oí a mis espaldas junto con el tintineo de las botellas.

Dudé, un poco porque la pregunta era compleja de contestar, otro poco porque no tenía ganas de hablar. Todavía dándole la espalda, de costado, le respondí:

—Algo así, una parte de la familia. Es una historia larga. —Esperé que mi tono parco lo desalentara a seguir.

Mackenzie se acercó con el vaso en la mano, se sacudió la caspa de la solapa. Se sentó sobre el apoyabrazos de uno de los sillones individuales, más cerca que el día anterior. Tomé el control remoto para bajar el volumen, me parecía de mal gusto todo: estar viendo la televisión cuando él me hablaba y también que él me presionara con el diálogo, invadiéndome de esa manera. Se suponía que...

—¿Una parte de la familia? ¿Y el resto de dónde es? Usted tiene acento.

Desaliento descartado, o él era demasiado perseverante además de negador, o yo de tan correcta y empática, de tan arroyo manso, tengo invalidada la acción de desanimar al prójimo, como una letra atascada en el teclado.

Intenté una síntesis sobre mi padre pintor, nacido en Robin Hood's Bay, criado en Manchester, que se mudó a la

Argentina a los veintitantos años porque se había enamorado de Sofía, etcétera, y de cómo se adaptó a la vida en Latinoamérica.

—Eso es más o menos el resumen.

Se puso a buscar el nombre de mi padre en el teléfono, leyó su biografía en Wikipedia (escrita por mí, desde ya) con la boca medio abierta: ¿es este?, me mostró una foto. ¡Pero es toda una celebridad! Sí, sí, digamos que sí, me perturba ese momento en que la gente descubre la notoriedad de mi padre.

—Me gusta cocinar —dijo él al ponerse de pie—. No es usual que tenga tiempo, pero hay días como hoy en que me da mucho placer conquistar el territorio de la cocina. Sobre todo cuando Martha no está, y eso no ocurre tan seguido como yo quisiera. Ahora, por el cachorro, suele estar todo el tiempo y, también por el cachorro, a menudo histérica.

—Abrió los brazos en señal de abdicación—. Si a usted no le molesta, realmente se lo digo, si no le importa, yo podría preparar la cena hoy.

No pude evitar quedarme mirándolo, el acento de Liverpool, como en todo el norte inglés a decir verdad, por momentos me resulta imposible de descifrar, aun cuando es el mismo de mi padre, de mi tío y de mis abuelos.

—Perdón, no le entiendo.

—¿Me permite que cocine yo?

—Ni lo pregunte, es su casa. No tiene que…

—Entonces, ¿acepta cenar conmigo?

Eso definitivamente me descolocó, no lo esperaba.

—Por favor, déjeme ofrecerle una cena como corresponde. Ha estado comiendo sándwiches y ensalada así medio a las apuradas desde que llegó. Seguro le encantarán mis *fetuccini* comprados pero caseros, con salsa especial del autor. Por más que haya venido a cuidar al cachorro, no puede estar acá como una forajida, temerosa de todo. Todavía le quedan unos cuantos días. Acépteme aunque sea una cena de bienvenida. Luego cada uno hará su vida, como estaba planteado.

Me sentí acorralada y no quise mostrarme despectiva.

—Está bien. Si insiste. Me ducho y vengo a ayudarlo.

La cena al final se extendió bastante más de lo que yo hubiera previsto; había imaginado un trámite expeditivo, una comida informativa, parte indeclinable del trabajo. Sin embargo, el padre Mackenzie resultó ser una persona agradabilísima para conversar, alguien pausado y profundo, en particular transparente, lo que hizo que enseguida nos sintiéramos como si nos conociéramos desde hacía mucho tiempo. La conversación fue derivando de un tema a otro con la sencillez de dos amigos que se reencuentran tras años sin verse. Me contó sobre sus dificultades con Martha y cómo se había acentuado gradualmente la crisis entre los dos, pensaba que en parte debido a no haber podido tener hijos. Eso los había distanciado, aunque no era culpa de ninguno, sino diferencias naturales y —creo haberle entendido— voluntad del Señor. También, con mucha delicadeza, me preguntó si yo no me había casado. Tardé unos minutos en ordenar mi respuesta, normalmente no tomo alcohol pero me había dejado tentar con una copita de vino caliente y sentí la lengua entorpecida, la cabeza lenta.

—Si prefiere no hablar de eso, no hay problema, disculpe…

—No hay problema, es que tampoco sé bien qué decirle. Se dio así, no hubo posibilidad de una vida en pareja, ni estoy totalmente segura de que me hiciera falta. A veces el matrimonio o la familia pueden ser una trampa, como el lenguaje: una inmensa residencia vacía, que no cubre y no alcanza, no alcanza. —Vi un gesto de conflicto en su cara, bajó un poco la frente como si se limpiara algo en la falda—. Disculpe, no lo decía por usted, por usted y Martha, pensaba en otra persona.

Mencioné a unos novios anteriores, muy pasajeros, nada serio, y me cuidé de no nombrar en ningún momento a Ricardo.

Quisiera aunque no consigo recrear cómo pasábamos el tiempo Ricardo y yo las tardes que nos juntábamos en ese departamento microscópico, sombrío, fresco incluso en épocas de calor. Sí recuerdo que las primeras veces fueron escapadas un martes sí y otro no, un par de horas, después de la clase de francés. La tarde que salíamos, yo decía en casa que me había quedado tomando algo con mis compañeros. A esa altura mis padres estaban convencidos de que ese grupo era lo mejor que me había pasado en términos de sociabilidad, aunque en el fondo un poco lo resentirían, están tan acostumbrados a tenerme para ellos de forma incondicional... Nunca podría haberles dicho que me veía a solas con un hombre casado y padre de dos hijos, impensable. Además, tenía clarísimo que no querían ni imaginar una potencial pareja para mí, por eso jamás preguntaban; ese era un hoyo infinitamente vertical en nuestra conversación, un pozo ciego o un aljibe del que no se recogían ese tipo de confesiones. Hablar de pareja para una hija es admitir que se ha producido un equinoccio: de repente la joven se coloca en el plano del ecuador celeste, alcanza el cenit, y los padres quedan reducidos al lugar del observador terrestre, gusten o no. Esa rotación estaba anulada entre nosotros. Ese tipo de sol, ese nuevo fuego, era un asunto impronunciable, una región vedada, una osadía traumática y punible.

A medida que nuestra complicidad viraba hacia algo más matizado, precisamente, de cierta sensualidad, con Ricardo empezamos a faltar a alguna que otra clase para tener más tiempo solos; a los dos meses, más o menos, dejamos de pagar la cuota del curso: qué sentido tenía gastar para no ir. Salvo —dudó él— que su esposa, por una de esas coincidencias raras, quisiera comprobar en qué ocupaba las tardes de los martes su esposo y llamara para verificar que se encontraba inscrito. No sé qué decidió al final, yo dejé de pagar y seguí estudiando por mi cuenta: usaba los viajes en colectivo para aprenderme de memoria los verbos del Bescherelle, alquilaba películas y leía novelas en idioma original, averiguaba las palabras desconocidas en el diccionario. Ricardo me pidió que le enseñara, nos duró media hora; le ofrecí que en todo caso me pidiera ayuda cuando tuviera alguna situación con los belgas.

De cara a mis padres, me puse a inventar salidas a los museos o al cine con mis compañeros otros días aparte del martes. Ricardo no recuerdo qué razones daría para sus ausencias; los fines de semana, en su caso, era sagrado pasarlos con los chicos. Algunas veces sí se atrevió a juntarnos un sábado o un domingo, menos tiempo: habrá dicho que venían clientes extranjeros y tenía que sacarlos a pasear. Hubo una etapa en que justificaba sus escapadas de los viernes a la tarde con la excusa de que iba a ordenarle los armarios a la abuela. ¿No tenés miedo de que Lía llame y le pregunte? No, primero porque mi abuela apenas entiende nada, y Lía lo sabe: vive confundida, en una nebulosa, o sea que sería una referencia poco fiable. Por otra parte, no la tolera demasiado, y si quiere puede llamar directamente a mi celular. Pero, Ricardo, ¿cuánto tiempo se supone que lleva ordenar unas vitrinas con vajilla o unos cajones con papeles viejos?

También sé que involucró en la mentira a un amigo que era como un hermano, se contaban todo, igual que yo con Mary, solo que ellos tenían la bendita suerte de compartir la ciudad. Luis se llamaba, o eso me dijo. Cierta vez acordaron simular una enfermedad de Luis —¿o un accidente, algo así como una rotura de rodilla?— por la cual necesitaba la asistencia de Ricardo ya que no contaba con nadie, o casi nadie, para las compras del supermercado, retirar plata del banco, ir hasta un consultorio médico. De repente Luis supuestamente tuvo que viajar a Montevideo por alguna cuestión de trabajo e invitó a Ricardo, aunque Luis nunca subió al barco y Ricardo se fue conmigo a Uruguay por dos noches.

Más allá de alguna escapada así, durante las horas encerrados él dedicaba largos ratos a practicar en su piano, ese teclado que parecía de juguete, conciso y medio inestable. Ocasionalmente resolvía pendientes de su trabajo. Yo bocetaba en lápiz y terminaba de pintar con óleos en casa. Hubo un tiempo en que me llevé también una caja de óleos a la oficina, dejaba los trabajos ahí, pegados en la pared con cinta. Una vez le pregunté si Lía no podía entrar a la oficina y descubrirlos, negó con la cabeza: ella jamás pasaba por su despacho, apenas si había entrado alguna vez muy al principio. Me pareció raro, por los chicos sobre todo, sé cuánto significa para los hijos ir a conocer la misteriosa oficina de cualquier padre. También mirábamos películas y leíamos, algunos días cada uno su libro, otras veces optábamos por algún relato en voz alta, nos turnábamos. Nos encantaban los cuentos de Gógol para leer de a dos, «El capote» nuestro preferido, o los de Chéjov. En un par de ocasiones leímos obras de teatro como *Casa de muñecas,* cada uno interpretaba un papel. Hemos jugado a las cartas, al chinchón en particular, partidos eternos. Me enseñó a jugar truco y ajedrez, en ambos me hice buena enseguida y a menudo le ganaba.

Fuera de eso seguíamos sin hablar demasiado, ninguno de los dos jamás supo bien cómo hacerlo.

Intimamos, a veces, no todo el tiempo, soy demasiado púdica para contarlo. Hubo contacto físico en especial los primeros tiempos, encuentros suaves y torpes como de cachorros cuando retozan; una especie de descubrimiento adolescente ya gastado, de adolescentes viejos, gente nada propensa al ejercicio físico, por tanto blanda y floja. Esa motivación no primaba entre nosotros, era más bien algo accesorio, algo que dadas las circunstancias parecía una exigencia, casi mandatorio. Por mi parte, diría que estaba bien, tampoco tenía mucho con qué comparar, había probado un par de romances ocasionales con los que había concretado la cuestión física apenas, entre el apocamiento y la inseguridad. Con Ricardo no sentía nada especial, nada, solo el placer de estar ahí echada en los brazos de alguien, sin tener otra cosa que hacer, nadie exigiéndome tareas o resolución de problemas, nadie gravitando sobre mí ni observando que me hidrataba mal la piel. Mientras, afuera se oían la lluvia o el tren, o las bocinas de los autos, los gritos infantiles al salir de la escuela. El mundo quedaba abajo, muy muy lejos. Me sentía querida, no de una manera pasional, sino en un sentido pasivo, quieto, lacio. A tal punto que el acto sexual en sí fue perdiendo fuerza, como si olvidáramos que existía esa dimensión por explorar o como si ya nos hubiéramos conformado.

Encargábamos comida hecha —lo convencí de no volver a esa rotisería de frituras— y alguna que otra vez cocinábamos sencillo, porque el departamento enseguida se llenaba de olor; con una sola ventana, aunque fuera reducido, costaba después airearlo, sobre todo en invierno, cuando helaba. Cada vez que iba, yo limpiaba, llevaba las sábanas y el acolchado al lavadero, compré toallas y un pequeño ventilador.

Dejé la psicóloga para no tener que meterla en esa historia: me sentía culpable, la mujer habría tenido que opinar sobre si es razonable o no involucrarse con un hombre casado, sin juzgar, porque al final los psicólogos no juzgan, solo advierten, sugieren o anticipan posibilidades, no se definen por un dictamen puntual. Y a mí no me sale muy bien mentir; con mis padres pude porque era parte del desafío, el motor de la adrenalina. Pero con esa mujer hubiera sido imposible, se adelantaba a todo, se metía en los pliegues de mi conciencia como una mariposa con radar. Le expliqué que no se lo tomara a mal, me hacía falta un receso de la terapia, me cansaba escucharme hablar de mí y mis problemas. Pienso que ella lo vio venir y por eso no me forzó. Porque no quería opinar sobre algo tan delicado o porque percibió que era una oportunidad para mí, para que me animara a darlo todo, aun si eso significaba transgredir.

A Mary sí le conté, aunque no todo, no todo. Pedazos, momentos deslucidos, sin detalles, acomodados. Con ella reforzaba la versión que él me contaba de su espantoso vínculo con la mujer: no la podía ni ver, llevaban varios años durmiendo separados. Eso ya me lo dijiste, Dorothea. Ricardo creía que Lía tenía un amante. Ricardo pensaba que a Lía no le importaba nada lo que hacía él. Ricardo decía que nunca más iban a ser la pareja de los inicios, solo aguantaban con esfuerzo lo elemental cotidiano hasta que los chicos crecieran para soltarse la mano. Ricardo aumentaba el número de días, tardes y noches fuera de la casa con la connivencia de ella porque a los dos les daba igual, sabían que se engañaban, actuaban solo por aparentar. Ricardo juraba que lo único que tenía en la cabeza era un divorcio ágil, sin complicaciones, cuando los chicos fueran un poco más grandes. Mary muchas veces ponía en duda todas estas aseveraciones dichas tan firmemente, pero como es de mente muy abierta en ningún momento se horrorizó, criticó o me recomendó que lo detuviera. Confía ante todo en el amor y piensa que el amor, cuando es sincero, puede ocurrir donde y como uno menos se lo espera.

Aunque las constantes inquisiciones de la señora Mackenzie desde Estados Unidos no disminuyeron ni un solo día, me alteré más de lo habitual cuando al despertarme, a la mañana siguiente, encontré dos audios nuevos de la mujer. Incluso la primera reacción fue el temor de escucharlos por sentirme gravemente en falta: había cenado con su marido, habíamos conversado hasta tarde, tomado vino y comido dulces, nos habíamos entretenido, aunque no significara radical y absolutamente nada. Para mí Mackenzie no dejaba de ser un cura; al margen de que yo jamás hubiera pretendido un acercamiento, su sola vestimenta imponía distancia. Pero a los ojos de su esposa, como los de la sociedad inglesa, él era un sujeto masculino y sexuado, no uno neutro y cloroformizado como acostumbran a representarse los ministros católicos. La idea de las cámaras de vigilancia en lo de los Gilmore volvió a perseguirme: ¿y si Martha las había colocado? No solo por cuidar al perro sino también al marido que no había logrado llevar de viaje y dejaba a merced de una desconocida.

Me incorporé en la cama con los ojos secos, medio pegados, y resignada puse los audios. Afortunadamente ninguna de mis previsiones se correspondía con la realidad, como es habitual con mis temores. La señora solo me pedía, con lo que parecía ser cierto pudor, si por favor le avisaba cuando me hubiera levantado porque tenía ganas de establecer una comunicación virtual con Bruno, lo extrañaba demasiado y una de sus tías había sugerido por qué no saludarlo así, por video.

Convoqué solemnemente al perro y le avisé a su dueña que estábamos listos. La señora apareció, al otro lado de la pantalla, eufórica como era de esperar. Se emocionó cuando vio al cachorro, tanto que me apareció en la boca una sonrisa deforme, producto de la tensión. Comentamos trivialidades sobre la primavera y la casa; hicimos mutuas preguntas de cortesía con algunas pausas, Mrs Mackenzie quiso saber si estaba todo en orden con Reginald, ante lo que asentí esquiva, un poco por considerarme en falta, otro poco porque no había superado del todo mi enojo hacia ella por haber causado ese embrollo. Logré ubicar al cachorro frente al teléfono, lo contuve como pude, sujetándolo del collar para que se quedara quieto y dejara de llorisquear cada vez que Mrs Mackenzie le dirigía la palabra. Procuré quedar fuera de la cámara para que no se notara mi vergüenza ajena.

Cuando terminó lo que para mí llamé «sesión de espiritismo», liberé a Bruno, que corrió hacia el cura justo en el momento en que iba a salir de la casa.

—¿Hablaba con Martha? Me pareció oír su voz.

—Así es. —Señalé al cachorro con un gesto tan retraído que los dos nos reímos.

Pasé buena parte de esos días trabajando en mi computadora; como el clima estaba increíble, en las horas más cálidas me instalaba en la galería de atrás, lo que me permitía ver a Bruno mientras jugaba afuera, de a ratos con otros perros vecinos. Me comuniqué por correo con los habituales contactos de papá, retomé también el trabajo monumental de revisar los textos que estábamos preparando para su autobiografía. Una mujer sin biografía era responsable de dar forma a la biografía de *no cualquier hombre*. Papá me había asignado la titánica tarea de ordenar, depurar, aligerar, dar sentido y coherencia a sus diarios personales, sus diarios de artista. Nada menos que cincuenta y cinco años volcados en más de seiscientas páginas manuscritas con esa letra incomprensible, arrabietada, tachada, irrespetuosa de bordes, márgenes o renglones, donde el autor mezclaba datos de su experiencia concreta con teorizaciones acerca de la producción artística a veces propia, a veces general, en un ir y venir alterado, reflejo de su indisciplinada mente fabulosa. Había que desmalezar, cotejar la veracidad de fechas, nombres, escuelas, movimientos, tipear la versión original en inglés, traducir al español, dar forma a una edición bilingüe.

En broma, desde hacía años papá me llamaba su Miss Bartleby aunque, a decir verdad, recién a partir de este viaje yo había adoptado una postura que pudiera definirse «a lo Bartleby». Al no dejarme avasallar o doblegar esta vez por las exigencias de mis padres, había logrado defender mis intereses, resistir en mi deseo, parapetarme dentro del contundente *Preferiría no hacerlo.* Cierto es que seguía encargándome (o cargándome) de sus asuntos, aunque desde mi territorio y, en parte, bajo mis condiciones.

Para descansar dibujaba, salía a dar algún paseo cerca o escribía en mi propio diario. Nunca lo había hecho antes, pero cuando supe que iba a pasar este tiempo en Inglaterra tuve la idea de llevar una crónica del viaje. Me entretiene fantasear con que en el futuro podré seguir cultivando este hobby de cuidar mascotas y casas, rastrillaré toda la isla, ciudad por ciudad, quién sabe si me asomaré a otras partes de Europa; me agrada la idea de llevar una especie de inventario. Un día revisaré las páginas para encontrar una continuidad de nombres, lugares, familias, cada destino con su propio anecdotario.

El sacerdote me ofreció quedarse unas horas con Bruno un sábado, así yo podía ir a conocer el centro de Liverpool. Fui en taxi, no entré a museos ni a lugares históricos porque no quería retrasarme, pero recorrí las calles principales hasta los docks del puerto, bajé un momentito a The Cavern para espiar la mítica taberna donde tocaban Los Beatles, le compré una lapicera simbólica a Mackenzie.

Mientras buscaba alguna peluquería que me inspirara, pasé junto a la estatua de Eleanor Rigby, triste figura de bronce ennegrecido sentada en un banco de la calle. Me impactó como la imagen misma de un alma desamparada, la encarnación radical de la soledad. Con las palmas de las manos abiertas sobre la falda da la impresión de estar esperando el regalo de algo intangible, pero lo que se le acumula adentro, en ese supuesto cuenco de carne, es simplemente agua, el agua que cae de la lluvia. Me senté en el banco al lado de ella durante unos minutos, sin mirarla, solo ahí quieta, como si de esa manera le prestara cierto grado de compañía, un poco de calor humano para el camino, que quizás ella no echaba de menos pero que yo precisaba darle.

Como la única peluquería de por ahí cerca que parecía confiable estaba cerrada, entré en una sencilla de una calle cualquiera, con la pintura por partes descascarada, espejos sin marco, manchados de óxido, y sillones de cuero rajado, atendida por una única empleada o dueña desocupada. Pedí renovar la tintura, el castaño rojizo empezaba a decolorarse en las raíces; la peluquera me recomendó un tono que combinara mejor con mis ojos marrón claro, un poco miel. Cuando ya estábamos en eso, me animé a pedir un corte: señalé un poster ochentoso de esos que decoran (o deprimen) las paredes. Con timidez consulté si iría bien con mi tipo de cabello más bien recto y llovido, con la forma de mi cara chiquita, a lo que la mujer, mascando chicle de un modo obsceno, respondió: *Yeaaah, course, luv, why n't, it'll look luvely on ya?* Al salir, me miré en cuanta vidriera o espejo encontraba, le mandé una foto a Mary, ella respondió con varios aplausos y signos de admiración. Pensé si le habría gustado a Ricardo, era un corte bastante distinto —rebajado y con un semiflequillo— del que había usado siempre.

Cuando llegué a la casa era casi de noche. Desde el camino de entrada, vi al padre Mackenzie en la ventana de la planta alta, iluminado por la luz color yema de una lámpara; los anteojos avanzaban por el precipicio de la nariz gruesa, miraba fijamente, medio bizco, algo que sostenía entre las manos. Retiré rápidamente la vista para que no se sintiera observado, quizás estuviera rezando. Pero una vez en la puerta, por reflejo, alcé sin querer la mirada otra vez y me encontré con la de él, que me saludaba con la mano y una sonrisa. Entonces alcancé a ver lo que estaba haciendo: zurcía una media. Le devolví un rebote de cabeza y entré con apuro.

Saqué de la heladera algunas sobras de días anteriores para comer mientras dialogaba con el perro, que daba vueltas alrededor pidiendo su comida. Mackenzie apareció en la cocina; todavía tenía la media en una mano y la aguja con un hilo colgando en la otra.

—Espero que su paseo haya estado bien.

—Precioso, además hizo un tiempo impecable. —Como a una criatura, me gustaba notar la nueva sensación de la melena desmechada sobre los hombros; sin darme cuenta tal vez movía la cabeza más de lo habitual.

—Me alegro. —El cura se abrió paso en la cocina—. Permiso, voy a sacar el costurero de ahí abajo —siguió diciendo algo que ya no se entendió porque, arrodillado, metió la cabeza y la mitad del cuerpo dentro de uno de los muebles de fórmica blanca. Segundos después retiró su talle de oso, emergió acalorado, se acomodó la ropa que ese día no era eclesiástica sino casual, unos jeans y una camisa a cuadros, que le daba realmente el aspecto de otra persona. Con las dos manotas se alisó los copos de pelo gris revuelto por atrás de las orejas y con resignación me mostró los elementos que sostenía entre los dedos: un carrete de hilo negro y un dedal—. No soy bueno con estas cosas, pero qué remedio.

Me había distraído la idea de que este señor me recordaba vagamente a las fotos que había visto de Winston Churchill, acaso menos rollizo.

—Si quiere, puedo... —ofrecí con las manos indecisas en el aire.

—Mujer, qué se va a poner usted con esto. Gracias de todas formas.

—Al contrario, gracias por haber cuidado a Bruno por mí esta tarde.

—Cuente con eso. Ya le diré qué horas tengo libres en casa los próximos días para que pueda, eso, salir, salir a pasear. Hace bien. —Se quedó observándome con una expresión curiosa.

—No, por favor, sería un abuso de su tiempo, es mi trabajo.

—¿Ah sí? ¿Puede considerarse abuso que pase horas tranquilo en mi casa? No se imagina lo mucho que me hace falta, voy de aquí para allá, de bautismo en casamiento, de atender casos de violencia doméstica a otro sitio en el que despliego mi maleta de consejos para un matrimonio duradero (valga la ironía, además, ya ve). Salgo de ahí para dar pésames y extremaunciones, o aterrizar en un centro donde impulsar y coordinar acciones de caridad, supervisar que funcionen los comedores solidarios, conversar con la gente sin techo... En fin, no la quiero aburrir, pero sepa que los ratos acá para mí son la gloria, es cuando escribo los sermones o coso mis medias. —Nos reímos los dos—. Me encanta que conozca nuestra querida Liverpool. Sé que al lado de otras ciudades no es tan bonita ni pintoresca, pero tiene personalidad y los últimos años se ha puesto bastante más linda, me consta que se ha invertido mucho dinero en obra pública.

Yo rogaba que no notara mi corte de pelo. Típico mío: ya estaba totalmente arrepentida de haber hecho ese cambio en ese momento, ¿y si el hombre lo interpretaba como un signo de coquetería dedicado a él? Nada más lejos. Lo que me da bronca de mí es no permitirme un arrebato: me dejo llevar, decido algo inesperado y, cuando está hecho, vuelvo atrás con un manojo de razones que contradicen y desbaratan ese impulso, lo implosionan, lo revientan. ¿Por qué no logro dejar de darle tanta vuelta a todo? ¿Seguir instintos naturales, como los demás, sin prejuzgar, juzgar y rejuzgarme? Quiero paz de mí, paz de mí para mí.

—Me resultó una ciudad cautivante, como usted dice, con carácter.

Reginald salió de la cocina con la media y la aguja. Yo rellenaba el cuenco del animal con agua, en cuclillas, cuando oí que sus pasos volvían, se detuvo en el umbral, simulé no haberlo visto, hasta que él carraspeó y alcé la vista:

—Perdón, no sabía que todavía estaba ahí. ¿Precisa algo?

—Sí, tal vez. Si no… Pensaba, es decir, es solo una propuesta, no tiene por qué hacerme caso, es solamente que pensaba…

—¿Pensaba? —Me levanté del suelo, alisé la falda.

—Propongo —con esfuerzo consiguió salir de la trabazón— lo siguiente: le cambio unas horas de cuidar al perro los días que pueda, mientras usted acá, alguna noche, digo, se me ocurre, sea usted la que cocine para los dos. O por decirlo de otra manera menos machista, compartamos la cena. Yo puedo cocinar, eso da igual, la intención es más que nada comer... Ahí está. Eso le propongo siempre que no…, que usted…

—Ah, ah, bueno. —Dudé, barajé escapatorias a toda velocidad, ninguna sonó verosímil, me di por vencida—. Por supuesto, ¿por qué no? Sí, sí, claro. —De repente me vi atrofiada en los adverbios de afirmación—. Un favor con otro se paga, y desde ya podría…, podré, quiero decir puedo, podría preparar, si le parece, por ejemplo, mmm, pastel de papas. —Presté atención a la expresión de él—. ¿Eso sí? Es puré de papas por encima, con carne picada abajo, algunas especias, cebolla, ustedes aquí lo llaman…

Mackenzie descansó los hombros. La triple arruga de la frente se estiró y se volcó hacia los ojos provocando un abanico de patas de gallo. La nariz se infló redonda.

—*Cottage pie,* perfecto, estilo argentino mejor. Un solo favor: que sea sin el bendito *gravy.* —Hizo un gesto de súplica con las dos manos juntas.

—Sin *gravy,* prometido, que acá lo ponen hasta en la sopa. ¿Mañana, sábado, le parece? Tengo que comprar algunas cosas.

—Está bien, traeré vino. ¿Tinto o blanco?

—Poquito, poquito de cualquiera para mí, gracias.

Volvió a salir de la cocina, encaró la escalera, pero otra vez retrocedió dos escalones y se agachó para ver por debajo del marco de la puerta donde había quedado encuadrada yo:

—Me gusta el cambio del pelo, le queda bien.


Lo que nos atraía era escondernos. Cada vez estoy más convencida. El misterio compartido, eso hondamente privado. Encontrarnos en secreto, sin que nadie lo supiera: mis padres, su esposa, nuestros conocidos. Incluso nos excitaba, al principio, tener que disimularlo frente a los compañeros de francés. Intercambiar guiños, miradas, papelitos, códigos. Hubo veces que salíamos de la clase cada uno por su lado y nos encontrábamos en el garaje donde dejaba su auto. Después decidimos viajar hasta la oficina por separado, para que nadie nos viera por el camino. Toda esa perspectiva, tener un plan cada semana, un incentivo con que tolerar la grisura de otros días. Planear cómo sería, pasar horas pensando los detalles: los horarios, las excusas ante los demás, que unas versiones encajaran con otras anteriores, odio decirlo pero sí: las mentiras. Avisar que iba de compras para en realidad encontrarme con él, fingir que iba al curso de francés cuando llevaba meses de autodidacta. Centuplicaba el disfrute, tal vez precisamente porque era una actitud impensada en alguien como yo. La buena, santa Dorothea, la hija modelo, el regalo de Dios. Jugar a ser grande mientras me sentía chica. Comportarme como una chica cuando ya era demasiado adulta. Ser otra dentro de mí misma. Tentar la aventura, probar lo de las películas. Intuir la realidad de siempre desde una rendija distinta.

Dejé de notar los olores viejos acumulados en la restricción de ese ambiente, las prendas deslucidas de su vestuario, la tintura excesiva del pelo escaso, las patillas, la palidez de la ictericia, las orejas de gnomo, la ceceosidad incorregible y su ignorancia cultural sobre tantas cosas. Todo desapareció como si jamás lo hubiera percibido. Quizá porque al acabarse los compañeros de francés y quitar de en medio la curiosidad de la psicóloga, ya no necesitaba observarlo con los ojos de otras personas.

Ricardo me miraba pintar como en trance, en trance yo con lo mío y él conmigo. Se la pasaba diciendo que cuando me animara a mostrar mis trabajos me haría famosa, más incluso que mi padre. Como estaba harta de discutir por eso, solo sonreía. Mary y mi hermano habían insistido toda la vida con lo mismo, hasta la psicóloga lo repetía mientras duraron las sesiones porque, aunque no los había visto, yo le contaba de la instigación de ellos. Para entonces —seguía soñando Ricardo—, él se habría separado de Lía y viajaríamos por el mundo detrás del recorrido de mi obra.

Aseguraba que lo único que lamentaba de nuestro refugio en las sombras era no poder contarle al planeta que tenía una novia artista —decía novia y no amante, en silencio se lo agradecía— que dibujaba exquisitamente y ofrecerle a toda la gente una obra mía para exhibir en sus casas. Encantado le habría regalado un dibujo a Lía y otro a su abuela, decía, aunque tuviera que pagarlos mucha plata. Le regalé algunos que le encantaban. Yo le recomendaba que tomara clases de piano o formara un ensamble con alguien para ensayar. Ponía voluntad en escuchar sus composiciones (ahora me pregunto si serían suyas) aunque no fueran perfectas. Tal vez nos queríamos, tal vez eso tan simple y rutinario era querer.

Me hablaba a menudo de los hijos. A Julia le gustaban, como a mí, las artes plásticas, se pasaba horas con los colores desparramados, aunque también otras manualidades como hacer pulseras o collares con distintos materiales. Una chica muy buenita, dulce en la escuela y colaboradora en casa. El problema con ella era que se negaba a practicar ejercicio físico o deporte y, por más que se viera que iba a ser de contextura delgada, cualquier médico lo recomienda para una buena salud. Luchaban para convencerla: que patín artístico, que natación, que danza. Pablo, como suele pasar, era todo lo contrario: físico hasta decir basta, hipermóvil, indócil. Había que encontrarle actividad para que descargara y llegara a casa menos eléctrico. Muy parecido a lo que habían vivido nuestros padres con Enrique y conmigo. A Pablo lo llevaban a natación como a Julia, pero también a tenis, a fútbol, y a no sé cuánto. Además, si bien era chico, ya se mostraba muy competitivo en cualquier disciplina, era un rayo en matemáticas y muy hábil en los juegos de cartas. Mientras que Julia solía pasar mucho más tiempo en su mundo de fantasías, sus libros, y no se esmeraba por destacar. Le costaban horrores las matemáticas. A Ricardo le preocupaba tanto el hecho de que Pablo se creyera demasiado bueno en todo como que Julia, al revés, se autoexcluyera de cualquier tipo de desafío. En cierta ocasión, me acuerdo, me describió cómo les habían festejado los cumpleaños ese año: al chico, en un parque con tiro al blanco, con disfraces, sorteos y juegos. En cambio para el de la nena, llevaron a un grupo de chicas al cine y después a merendar.

No tengo muy claro ahora qué sensación me causaban esos relatos. En cierta forma un poco difusa, algo de envidia, puede ser: me parecía que debía ser lindo, sobre todo que uno, entre ese tipo de afectos, se sentiría menos solo, menos precariamente individual. Aunque después pensaba en la relación desastrosa de Ricardo con la mujer y no sabía cuánto compensaba ese padecimiento el hecho sin duda precioso de que un nene te abrazara fuerte y se te durmiera a upa, que una nena te pidiera cuentos, pijamas con osos y te dijera mamá con un cariño infinito. Lo cierto es que igual yo nunca había sentido ese llamado específico, esa necesidad. Por ahí también me daba celos que Ricardo ocupara el setenta por ciento de su tiempo con ellos, en cosas divertidas y variadas, mientras yo pasaba las hojas del calendario de forma indistinta, para mí todos los días eran idénticos, excepto cuando me encontraba con él. Me molestaba que tuviera tanto para contar y yo en cambio andar inventándome novedades para disimular la extrema nulidad de mi discurrir cotidiano. Lo que más me perturbaba era que él llevara la vida de un adulto, un ser logrado, siempre ubicado en el ecuador celeste, en tanto que yo no había salido nunca de la protección umbilical, seguía imperturbablemente anclada al punto fijo del observador terrestre. Me dolía comparar que entre los hijos de Ricardo y yo no había mucha distancia al margen de la edad.

Así vimos transcurrir, aunque parezca increíble, catorce años. Lo que hacíamos no varió demasiado todo ese tiempo. A lo sumo un par de veces fuimos al cine bien tarde, a la función de trasnoche, seguros de que no íbamos a encontrarnos con nadie; cenamos en un bodegón cerca de su departamento para festejar su y mi cumpleaños. Ricardo aseguraba que Lía estaba en Vicente López con los chicos, nunca iba a aparecer por ahí, además de que tampoco le preocupaba su esposo. Sin embargo, la mayor parte del tiempo nos la pasábamos escondidos y él siempre estaba alerta a que no nos arriesgáramos. Repetimos el viaje en nombre de Luis y volvimos a Uruguay, solo que cruzamos en barco a Carmelo para pasar dos noches en el hotel del Casino.

Mis padres llegaron a observar que el curso de francés al final era un chicle, duraba una eternidad, a lo que yo respondía que era porque seguía participando en grupos de conversación sobre temas culturales y encuentros literarios. Compraba novelas en francés con ese fin, también porque me gustan. Ricardo, en teoría, repetía el mismo discurso a Lía. A papá por supuesto le preocupaba el estipendio de tantos años para lo mismo, pero mamá —por suerte para esas cosas más inteligente— le señalaba que era una inversión y que todo servía si lo aplicaba a mi trabajo. ¿Al final quién respondía los correos de museos y coleccionistas en francés? Lo preocupante vino cuando ella dijo que estaba pensando en apuntarse también, porque hacía tiempo que no practicaba el idioma, lo tenía marchito. Fue mi momento para aclarar que estaba pensando en cambiar y estudiar italiano, igual de útil para lidiar con el universo del arte. Papá lo aprobó efusivamente.

En su día libre, Mackenzie me invitó a andar en bicicleta por los Woolton Woods. Primero le dije que no, qué disparate, pero al final, como las demás veces, me dejé tentar o no supe negarme lo suficiente. Tiene ese don para envolverme con su sentido del humor, esa forma payasesca de mofarse y hacerme reír de mis taras, su optimismo, similar a lo que logra conmigo (y creo que con todos) Mary. Antes de salir, ajustó el asiento y el manubrio en la bicicleta de Martha para adaptarla a mi altura, revisó las ruedas, infló las que estaban bajas; en su canasta llevó comida para un picnic ligero. Con el traje negro y el gorro de cura, pedaleaba adelante para marcar el camino que se internaba y se perdía entre los bosques de senderos angostos alrededor del lago, cada tanto se daba vuelta para asegurarse de que yo iba detrás. Hacía tantísimo tiempo que no me subía a una bicicleta, y sin embargo instintivamente supe cómo andar. A la hora del mediodía las apoyamos y nos sentamos a comer sobre un mantel que pusimos en el pasto, a la sombra. Me dolían las piernas y tenía dificultades para caminar, el cura se burló de mi forma espástica de moverme y de bajar hasta el suelo aferrándome al tronco del árbol.

Durante el almuerzo me contó sobre su infancia humilde pero alegre en la zona de Cheltenham: una granja llena de animales y hermanos, cinco varones y una mujer. Como él, dos de ellos tomaron los hábitos: uno vivía en Irlanda y el otro en Londres. Solían reunirse todos para Navidad, aunque los padres habían fallecido hacía años. Inevitablemente tocó mi turno, me preguntó por mi hermano.

Apenas pudo irse de casa, Enrique se convirtió en marino: recorría el mundo, según mi imaginación, a los tumbos, y ganaba un dinero extra como fotógrafo, una pasión que compartíamos de chicos. Los tres: Enrique, papá y yo. Tardé muchos años en saber que se había hecho un nombre en ese campo: sus fotos ya eran una firma habitual en revistas de naturaleza y turismo como la National Geographic y en algunos periódicos. En su familia son todos artistas, observó el sacerdote, a lo que le respondí con cara de «no tanto». Eso desde el punto de vista profesional, sobre lo personal a esta altura solo podía decir que mi hermano era un nómade, alguien que había pasado de ser un chico muy difícil, un «terremoto» como lo definían los adultos, a un joven tan temerario como hiperactivo y de ahí en más, un trotamundos que cambiaba constantemente de residencia como de escándalos y conflictos.

¿Lo había padecido mucho?

Asombrada por lo que empezó a pasarme, la lengua desencajada, el discurso fácil, la libertad para sacar y sacar palabras como baldes de agua en una habitación inundada, sin reconocerme, le fui contando sobre los problemas de Enrique desde que éramos dos miniaturas, de ahí en más toda la vida. Un torbellino, un tumulto encerrado en un cuerpo diminuto. El motor de un malestar cósmico, crónico, debe ser espantoso estar en su piel, vivir dentro de la inadecuación, al borde del sistema. Me constaba que también sufría, y cuánto. En ese sentido, no era otra cosa que el signo de una enfermedad familiar, como el marcaje en un ganado. Mientras hablaba, casi no había despegado los ojos del lago que se extendía adelante, pero lo miré en esa frase.

Inexplicable. Alguien que, pese a haber nacido al mismo tiempo y del mismo lugar que yo, criado de idéntica manera, aunque con ciertos permisos y concesiones quizás por ser hombre —ahí el cura me interrumpió con un «ah, ah»—, mi hermano salió con el cableado interno todo desarreglado, electrificado.

Le conté que, también, por ser hombre se le incentivaron actividades y estudios que a mí no solo no me ofrecieron sino que me negaron, como las clases de pintura con papá, una carrera universitaria, ofrendas que Enrique rechazó de plano y yo habría aceptado con placer, solo que como todo el tiempo, desde muy jovencita, era requerida en las cuestiones de la casa y en la asistencia de papá, al final nunca lo pedí, lo fui dejando pasar. Al chico a los ocho ya le daban de probar vino, a mí jamás se me permitió. A los quince, para Enrique hubo una cama doble donde circularmente rotaron las novias; yo a los cincuenta y nueve sigo con la misma cama individual de los once. Y los pretendientes —que apenas tuve en periodos cortos, en serio en serio solo dos, a Ricardo no lo incluí— apenas si pisaron la casa para ciertas reuniones con mucha gente, en las que pasar desapercibidos frente a los anfitriones. Yo solo podía ir a bailes o salir de noche con mi hermano, algo que duró un par de salidas, él enseguida protestó por el lastre, me resigné pronto porque igual qué más daba, no me interesaba ese tipo de situaciones sociales, tan artificiales, tan tóxicas, prefería cosas más templadas con amigas igual de introvertidas. La noche me resultaba salvaje y la compañía de mi hermano me angustiaba, nunca sabía cuándo iba a terminar en una gresca con la mandíbula rota, o emborracharse hasta quedar tirado o a jugarse la vida en una carrera de autos. Si pasaba, prefería no presenciarlo.

El sufrimiento sin pausa de mis padres, que mal o bien intentaron encaminarlo aunque se les fue de las manos. Hoy, después de años de terapia, se me ocurre que el peor fallo entre ellos fue esa manera que tenían de restarse autoridad el uno al otro, como si compitieran por el mejor amor de mi hermano. Cuando uno lo retaba, el otro salía en su defensa; si uno lo ponía en penitencia, el otro se la levantaba. A veces incluso las contradicciones eran internas: mamá lo mandaba al rincón sin postre y al rato le llevaba el postre a la pieza. Papá le juraba que nunca iba a comprarle algo que él quería, pero a los dos días se lo daba. Les resultó imposible equilibrarse en ese sentido. Y lo más duro de todo es que yo tampoco pude hacer nada...

Algo muy punzante me impidió seguir hablando, sentí que iba a llorar y traté de contenerme sin lograrlo. Apoyé los nudillos de la mano contra el labio con la intención de frenar el temblor, pero los nudillos y los dedos temblaron en sintonía, junto con los párpados y las pestañas, de donde por fin bajaron gotones; sin mirarlo, sabía que Mackenzie me observaba con compasión. Se habrá dado cuenta enseguida de que me costaba porque no tenía ejercicio de llorar así, menos en público.

—No era su responsabilidad. —Reginald extendió una mano como para alcanzar mi brazo, lo vi de reojo, pero a mitad de camino la detuvo y la volvió a su lugar.

—Quizá pude haber podido. Soy la única persona en el universo a la que mi hermano respeta y quiere genuina, desinteresadamente, aunque no lo demuestre más que con esas fotos que me manda para que yo copie. Comparte su arte conmigo y valora el mío. Es, ha sido siempre, nuestra manera muda de comunicarnos.

Tampoco supe atajar o acompañar mejor lo que fue apareciendo a medida que crecíamos: el alcohol, las drogas, las anfetaminas, la obsesión por la musculación hasta quedar grueso y deforme como un guardaespaldas. Me pregunto si es que dejé de mirar, si miré a otro lado, si fallé por cobarde e inactiva. Peleas en los bares, mujeres, incluso hombres quizás, descontrol de todo lo imaginable, noches de cárcel. En los años de la dictadura argentina, con papá inglés y artista, fue escalofriante, aunque no lo supimos mientras atravesábamos ese periodo siniestro de la historia, lo entendimos después, nos habíamos salvado de milagro, muy en especial Enrique.

Por esa época empezó a viajar, a desaparecer, cada vez más tiempo.

Ya no estaba en Argentina para la Guerra de las Malvinas, se había perdido en alguna comunidad hippy de Norteamérica. Menos mal, decían mis padres, si no, habría tenido que alistarse, y encima contra Inglaterra. Yo pensaba si acaso creían que estaría más a salvo en cualquier otra parte.

—Quizás lo más cruel es que, al margen de la tristeza, cuando él no estaba, sentíamos paz. Por eso lo odié. Dejó destruidos a mis padres y se fue, el muy...

—Egoísta. Él se fue, usted se quedó a reparar lo que él había roto.

—A juntar los pedazos, sí.

Cuando le conté que a mi hermano a veces le decían Enrique y a veces Henry, al cura le hizo gracia tratar de pronunciar el nombre en español, con la R como una bolsa de verdulería atrapada en el paladar: *Enrrique*.

—Tener dos nombres, o el nombre traducido, es como llevar una doble vida, una personalidad duplicada. En el fondo encierra un peligro.

—Sin embargo, fíjese en algo. Dorothea es el mismo en los dos idiomas, porque en español la H no suena y se pronuncia levemente distinto. —Pronuncié uno y otro para que comprendiera la diferencia.

—Las elecciones de los nombres dicen suficiente sobre las expectativas de los padres, ¿no es cierto?

—Henry es nombre de rey, de monarquía, de grandeza. Dorothea, en griego, significa regalo del cielo o de los dioses. Es nombre de humildad.

¿Y ahora me arrepentía por haber sido la que se quedó?

Tal vez, un poco, no terriblemente. Había tenido una buena vida.


Una mañana de domingo a comienzos de mayo, en la que el verde se había vuelto por fin todo lo intenso que suele ser en Inglaterra, tan verde que daban ganas de morderlo, acompañé al cura a una de sus iglesias. Me daba curiosidad ver cómo se ofrecían ahí los servicios. Nunca tuve fe religiosa, solo iba a misa y comulgaba los primeros años en que mamá nos obligaba a Enrique y a mí, después papá nos liberó, le dijo que basta de esa farsa con los chicos, que la mantuviera ella si le importaba de verdad tanto, pero que no nos impusiera semejante carnaval a nosotros. Ofendida, ella siguió tratando de infiltrarnos sus creencias en voz baja, con ejemplos, escarmientos y evidencias, convencida de que íbamos a seguirla, al menos, seguro, yo. Como no encontró eco siquiera en mí, terminó por desligarse de la responsabilidad y continuó yendo a misa sola, aunque cada vez menos.

Salimos de la casa con tiempo, el aire era cálido, los abrigos livianos. Anduvimos pausado, lado a lado, él tan alto, yo tan petisa: digamos que entre la cabeza de uno y la de la otra podría caber un banquito largo de niños. Ahí fui más consciente de cuánto tenía que estirarme para hablarle y asegurarme de que le llegara el sonido de mis palabras, habitualmente pronunciadas en un tono tan diminutivo. En la puerta de la casa, le consulté:

—¿Y la gente qué va a pensar de que me esté alojando en su casa?

—Tiene razón. Vamos a decir que es una pariente lejana mía, de Argentina.

En la iglesia del barrio, discreta, de ladrillo anaranjado, el pasto con yuyos crecía excesivo y desprolijo entre las lápidas del costado cubiertas de moho verdinegro; un árbol hercúleo las amparaba. Unas pocas personas ya se habían acomodado bien separadas unas de otras y esperaban en los bancos, algunas arrodilladas, otras sentadas o de pie. El interior lucía despojado de muebles y ornamentos, marcadamente austero, acorde a la personalidad del párroco. El contraste entre el clima fresco y húmedo de adentro con el sol de afuera se dejó sentir enseguida. En la entrada, una mujer muy amable me entregó un cuaderno con el programa de la ceremonia y otro con las letras de las canciones. Me senté y observé desde la última fila, por más que la mente se me iba detrás de la conversación que había mantenido hacía un rato con el sacerdote.

Durante la caminata le había contado sobre la curiosa propuesta de mi hermano; ahora que conocía nuestra historia, me era útil consultar su opinión. En su carta Enrique decía que, después de tantos años desunido de nosotros, empezaba a tener ganas de pasar una temporada más larga en Buenos Aires. Ya se había retirado del trabajo como marino y solo se dedicaba al oficio de las fotos, por el que cobraba bien, con eso se arreglaba para llevar una vida normal. Me pregunté qué sería lo normal para él, ya que si de por sí el término no expresa nada, en el caso de mi hermano resulta aún más alarmante, es un bolsillo roto, un paraguas con los parantes quebrados.

Quería volver, no sabía cuánto tiempo, bastante; me preguntaba cómo lo veía yo, cómo pensaba que reaccionarían mamá y papá, si lo aceptarían, si le permitirían alojarse en la casa hasta que consiguiera un lugar propio. Tenía otra opción: irse a lo de un amigo de la secundaria, con el que mantenía cierto trato, para estar cerca y cada tanto pasar a saludar a nuestros padres, comer con nosotros, acercarse de a poco, sin sobresaltar nuestra rutina. Porque, además, por supuesto, no tenía idea de cómo iba a ser el reencuentro sobre todo con papá, el punto más delicado. La última vez que se habían visto, hacía nueve años, para nuestro cumpleaños de cincuenta, todo había terminado fatal, con gritos e insultos, y Enrique yéndose estrepitosamente a la casa de ese amigo. Durante unos meses no supimos de él, salvo por lo que nos informaba Mary de contrabando; después desapareció de manera definitiva otra vez.

Y ahora quería volver, pero volver volver, hasta donde yo podía interpretar en la carta, que era más larga pero siempre atrapada en la aridez sin remedio de su expresividad corta. Su lenguaje, pensé mientras releía, tenía la textura de la cáscara del ananá.

Después estaba la segunda parte del plan, la principal. Entre los dos podíamos convencer a papá de crear la Fundación Robert Dodds (en el momento de compartirlo con Mackenzie dudé de si mi hermano había dicho Fundación Dodds, directamente, de manera tal que eso nos incluía). No lo ponía ahí y, sin embargo, tuve la certeza de que, dentro de esa fundación-museo donde se exhibiría de forma permanente la obra de papá, podía haber un espacio, una pieza, donde colgar también la producción fotográfica de Enrique. Se cuidaba de enunciarlo pero se leía, como esa escritura invisible sobre la que en teoría se esparce un producto y deja brotar el texto oculto. Estaba entre líneas, yo lo leía. En cambio, mencionaba mis dibujos. Ponía: podemos destinar una sala especial para tu trabajo también, no solo el de papá.

Terminé de contarle eso al sacerdote cuando llegamos a la parroquia, algunas personas se acercaron a saludarlo. Me dijo que lo conversaríamos a la vuelta. Y a la salida, una vez que pudo desprenderse de toda la gente que se agitaba a su alrededor hablándole en simultáneo, se disculpó porque tenía que ocuparse de su prima argentina. Un detalle que me hizo sentir especial.

En el camino de vuelta retomamos el tema. Me preguntó primero qué opinaba yo, que eso era lo principal.

—Usted es una mujer tan centrada y tan sensata que debería guiarse por su intuición, no puede estar mal.

Contesté que *a priori* a mí me sonaba bien que Enrique volviera, es más, por un lado me liberaba bastante. Quizás, con él ahí, si se ocupaba un poco de ellos, yo podía hacer más viajes como ese. Y otras cosas. Sin embargo, nada me convencía de que él y papá fueran a encontrar una manera de entenderse, lo veía muy complicado.

Reginald comentó que tal vez podían hacer terapia de familia. Me agarré la cabeza con las dos manos, él se rio muy fuerte.

—Cómo se nota que usted no tiene ni la menor idea de lo que es mi padre. Ni la más remota. Ni de lo que es mi hermano. Dos mástiles de barco, duros, mudos, tercos.

—¿Y la otra idea, la de la fundación? No suena tan excéntrica, al contrario.

—Con absoluta sinceridad, considero que mi hermano, más allá de acoger cierta responsabilidad sobre el futuro de la obra de papá, está asegurando su propio retiro para la vejez. Sin más dobleces que eso.

—En ese sentido, entonces, se va a preocupar por hacerlo de una forma inteligente, porque si el proyecto falla, se queda sin respaldo, más o menos.

—Coincido. Por sí sola, la idea aislada suena bien, el tema es cómo hacer encajar todos los egos alrededor de una maquinaria que llevaría nuestro nombre. Otra vez, depende de cómo se ajusten el uno al otro y cuánto colabore con su desequilibrio emocional mamá.

—¿Y entonces?

—Entonces le voy a responder a Enrique que vuelva, que venga a casa una vez que yo esté ahí para unir y amortiguar, contener y ablandar, y en función de cómo sea ese encuentro, veremos si hay sitio para concretar lo demás.

—Me parece un plan perfecto. Ya me contará cómo sale.

*

Hará unos tres años, cuando murió su esposo, Mary vino a quedarse un mes con nosotros, para cambiar de aire, y terminó quedándose dos meses. Su hijo estaba terminando la universidad en Alemania, pasó un par de semanas con ella en Hampstead y la despidió en el aeropuerto rumbo a Buenos Aires. Una vez que juntó coraje, ella volvió a Londres, porque además allá estaba solo y no muy bien de salud su padre; la tía Diana murió poco después de que ella se casara, pobre Mary, y el tío tuvo una segunda pareja pero de esas independientes, flexibles, con casas separadas, más una amiga que otra cosa.

Entonces retomé mi rutina y volví a ver a Ricardo, a quien durante la estadía de Mary había frecuentado mucho menos. Al encontrarnos, lo noté distante, arisco, pensé que se habría molestado por mi ausencia, que ahora él estaría celoso de mis otras actividades y compañías. Pero un buen día me citó en el café de la Alianza para contarme algo. ¿En el café de la Alianza, después de tanto tiempo? Me generó desconfianza y algo de temor. Estaba segura de lo que me iba a anunciar: que Lía y él habían hablado firmemente de restablecer su matrimonio, debía dejar de verme.

Caminé esas cuadras tratando de componer mi respuesta, practiqué varias veces el diálogo. Por supuesto, quiso que nos sentáramos en nuestra mesa del fondo: dijo *nuestra* mesa. Cuando entré, me dio placer comprobar que habían pintado las paredes de un tono celeste energizante y lo habían decorado con finísimo gusto, parecía otro lugar.

Ricardo ya estaba sentado atrás, al lado del baño. Esta vez me animé a hacerle bromas sobre el tema del lugar que elegía y de lo horrible que me caía al principio. A pesar de la inseguridad que me asfixiaba, trataba de mostrarme animada.

Él en cambio casi no me escuchaba ni me miraba o sonreía. Otra vez le noté ese color mustio en la piel de la cara, como un gris sepia, amarillo ocre, el de la ictericia. Estaba más taciturno que nunca, le pregunté si tenía algún problema o si pasaba algo con su abuela.

Entonces lo dijo. No tengo palabras para reproducir esto.

Dijo que toda su vida, toda la vida que yo conocía de él, era falsa.

No existían los clientes belgas ni extranjeros de ningún tipo. Solo tomaba los trabajos que su tío, un contable dueño de un estudio muy renombrado, no alcanzaba a cubrir o descartaba. Lo subcontrataba, le tercerizaba asuntos o derivaba clientes que no necesitaba. Ricardo llevaba las cuentas personales de algunos trabajadores autónomos que precisaban asesoramiento en sus liquidaciones anuales o presentaciones de impuestos.

Su casa de doscientos metros con jardín en Vicente López era una que veía desde el tren cuando iba de visita a la casa de ese tío rico, donde el señor vivía con su segunda esposa y los hijos más chicos de ese matrimonio, en Martínez.

Julia y Pablo. Ahí bajó la frente, la metió entre los brazos cruzados sobre la mesa, vi cómo su cabeza medio pelada medio teñida se enterraba hasta tocar sus manos. A Julia y Pablo así, con esos nombres y esas edades, le dolía horrores sentir que ahora debía matarlos. ¿Matarlos cómo?, pregunté espantada, y como no respondía, lo zamarreé del hombro. Ricardo, contestá, ¿qué decís? Lloraba. Se secó los ojos y se sonó la nariz con un pañuelo, tardó en recuperar la palabra. Como la casa, Julia y Pablo eran copias imaginarias de los hijos de su tío rico. Inexistentes imitaciones de Lucía y Benja, los que en la vida real pintaban, iban a natación, festejaban cumpleaños temáticos y jugaban al tenis. Volvió a llorar dramáticamente aunque esforzándose por hacerlo en silencio, para que nadie lo oyera. En mi mente se había producido tal borrasca que no lograba pensar o casi retener nada, de verdad, nada. Solamente veía una gran pared celeste delante de mí donde tampoco Ricardo entraba. Y Ricardo seguía diciendo que cómo iba a volver a pasar sus días sin la presencia, el cariño, la alegría de Julia y Pablo. ¿Cómo, Doro, cómo?, me preguntaba. Dentro de mi confusión, recuerdo, solo atiné a entender que entonces no le dolía tener que revelarme toda esa gran estafa que había mantenido conmigo durante años, años y años, sino que su profundo dolor venía de desprenderse de sus hijos inventados. Seré tonta como la que más, pero me invadió una compasión indescriptible por él. Algo obtuso, un desvarío, y sin embargo así fue. Para ese momento todo alrededor de mí giraba, se torcía, enrulaba y desaparecía como los escenarios más pesadillescos de los cuadros de Escher.

¿Entonces Lía? ¿Y esas fotos? Lía ni siquiera tenía un referente real, a lo sumo cuando hablaba de ella pensaba en una ex novia pediatra, la que más tiempo le había durado, a la que tampoco quería, por eso no le costaba ponerla en las historias como una mujer sargentona, intensa con los hijos e indiferente en lo relativo al matrimonio. No le dolía perder a Lía ya que nunca la había adorado como a los chicos. Las fotos eran unas que habían quedado ahí cuando el propietario anterior le vendió el departamento, en el momento de la mudanza, y no se había preocupado por devolverlas. ¿El departamento era suyo, al menos? Al menos sí, pagado con la herencia recibida de sus padres.

Momento, ¿y lo de la pérdida de sus padres era otra fábula?

No, eso no, era real. Había crecido con su abuela y nunca había dejado de vivir con ella, que ya tenía noventa y tantos. ¿En Belgrano? En Belgrano, sí, más o menos, justo donde limita con Colegiales. ¿Y Luis? Su amigo Luis. Existía, pero no estaba enterado de nada. ¿El traumático servicio militar y la horripilante Guerra de Malvinas? Sí, Dorothea, por favor, tampoco soy un holograma.

—No me causa gracia —le contesté.

De repente se me arremolinaban todas las preguntas juntas. Si no tenía clientes extranjeros, ¿por qué estudiaba francés? La directora de la Alianza era una íntima amiga de su madre y le había ofrecido tomar cursos cuando él quisiera. Se había anotado como una oportunidad para conocer a alguien, una mujer.

Por supuesto, claro, que pregunté por qué, qué significaba esta historia absurda, enferma. Fue incapaz de contestarme, sacudía la cabeza mientras le caían las lágrimas y decía que nada, que no tenía idea, que era un imbécil sin otra cosa que justificar.

—Quizá —dijo— mi vida es tan insignificante, tan deslucida y pusilánime, que necesité crearme otra realidad para atraerte, para que te fijaras en mí.

—¿Yo, que soy igual de solitaria, minúscula y vivo todavía con mis padres?

—Pero tu padre es un artista famoso —contestó—. Y vos tenés todo para serlo, si quisieras, solo que hasta ahora no te animaste.

—Ricardo, tengo cincuenta y cinco años.

—Igual, hay gente que empieza tarde. Y cuando nos conocimos tenías cuarenta y pico.

Ni una palabra se me ocurrió que me permitiera responder a eso, a todo eso, ese espantoso, truculento e inverosímil fraude, esa barbaridad ensordecedora, esa chifladura demencial. Ni una. Solo recogí mi saco, le pasé la mano por la cabeza que había vuelto a sepultar entre los brazos como un chico, y salí despacio, muy despacio, apoyándome apenas

en las paredes, con miedo a que otra vez me diera una lipotimia, a desmayarme. La pregunta que me retumbaba en las
sienes pero no tuve la fuerza para hacer: ¿Y por qué ahora,
por qué ahora?

Pasé una semana metida en la cama, comía en mi cuarto, con un humor de pirañas. Mamá me endilgó todas las
enfermedades que coincidían con los síntomas que iba en-
contrando en la web: desde migrañas a trastornos de meno-
pausia o pólipos en los ovarios que seguramente habría que
quitar. Me negué a ir al médico, insistí en que solo era un
virus, que por favor me dejara descansar. Es casi imposible
con mis padres: si no golpeaba la puerta papá con consultas de trabajo (cuánto podíamos cobrarle a Sotheby's por
*Tres pescadores y un viento,* para cuándo entonces había que
entregar el texto de la Tate, qué curador habían designado
en el MoMA), aparecía a cada rato mamá con preguntas
domésticas (dónde guardamos el limpiavidrios, en qué momento hay que desparasitar al gato, necesito que compres
por internet una cosa que solo se vende *online*). La licencia
por baja sanitaria que había pretendido tomarme se deshizo
a la fuerza rápidamente, no aguantan un día sin mí. Hubiera querido con toda mi alma pasar un par de semanas
en otra ciudad, en un hotel, sola por completo, mirando
películas y leyendo novelas livianas o contemplando la pla-
ya y el mar. En cambio, tuve que reponerme como pude,
anduve el resto de la semana en bata y chancleteando las
pantuflas sin apetito ni energía para nada. Nunca fui de tomar alcohol, pero me di cuenta de que esto debía parecerse
a una resaca espantosa. Cada vez que recordaba la escena
del bar y me venían frases aisladas o partes de la confesión
de Ricardo, me retumbaba la cabeza, sentía náuseas y quería
gritar hasta quedar seca, cosa que jamás me saldría porque
no sé cómo se hace.

*

Cuando llegó el final de la estadía en Belvedere Cottage, fui consciente de cuánto —pese al susto del principio— la había disfrutado y cuánto iba a extrañar la complicidad del cura. Suerte que ahora los teléfonos acercan, dijo él como consuelo. La señora Mackenzie había llamado el día anterior para saludarme:

—Permítame decirle, Miss Dodds, con una confianza enorme como si la conociera de siempre, ya que tanto Reginald como Bruno me han hablado tan bien de usted, que en fin, mire, sabe que este viaje me puso a reconsiderar lo que está pasando entre nosotros como pareja, creo que nos vino bien una tregua y ahora me veo más cerca de reparar lo que parecía arruinado. Tengo unas ganas de volver, qué lástima me da, de verdad, no poder conocerla, nos entenderíamos tan bien…

Su avión aterrizaba cuando yo ya estaría rumbo a mi siguiente destino. Despedida, entonces, que hicimos Reginald y yo, con el protocolo y la sencillez de dos personas adultas, de sexo opuesto, semidesconocidas, una de las cuales llevaba no solo una sotana sino una alianza en la que rebotaba la luz cada vez que movía los dedos. Hubo un leve estrujón de torsos que no llegó a ser ni beso ni abrazo, algo más bien entre medio y en el aire, unas palabras bastante previsibles, anodinas, las miradas corridas del centro, unos buenos deseos repetidos que no decían realmente nada y promesas de mantenernos en contacto, hasta que me subí al taxi. Confieso que tuve que secarme unas lágrimas y me acoracé en el pensamiento de que iba a venir pronto de nuevo por estos lugares.

Dejate de embromar, Dottie de mi alma, prima, le repito, cómo vas a adelantar tu viaje para aliviarme del peso de tus padres, o por la constante preocupación de que a Henry se le ocurra llegar antes y arme revuelo. Sabré adaptarme a cualquiera de las cosas que sucedan, para algo estoy acá, este es mi rol ahora, no pienso abdicar.

Fuera de eso, ya me acostumbré bastante. Acompaño a la tía a todas sus citas médicas, por ejemplo esta semana que acaba de pasar, listo:

lunes, hematólogo para revisar unos análisis de sangre porque le salen moretones —ella dice que de la nada, a mí me parece que es resultado de sus torpores motrices de cada día dánosle hoy—;

martes, cardiólogo, porque a veces respira con dificultad, se asusta cuando se le atasca el aire a mitad de camino, en el pecho (admitirás conmigo que no es otra cosa que la asfixia producida, las veinticuatro horas del día, por la hiperdemanda a control remoto, desde lo alto de su torre artística, que tiene sobre ella tu papá);

miércoles a la mañana, el clínico para que revise los mismos análisis que vio el hematólogo por si se le pasó algún valor alto o bajo, y por la tarde, ginecóloga, a raíz del temita ese de la incontinencia;

jueves, radiografía de tórax para verificar por qué respira mal y llevarle al cardiólogo la semana que viene;

viernes, psiquiatra: consultar si es el antidepresivo el que le causa ese picor en todo el cuerpo; por si el psiquiatra dice que no, agendamos cita para el martes próximo con la dermatóloga;

lunes siguiente, despejado, gracias a Dios.

Contenta de tener por delante un fin de semana largo. Quedé en tomar un café con tu amiga Emily Douglas por acá cerca, tal vez venga también su hija Leila, a quien vos querés tanto, y no sé si la nieta, Charo. Les voy a dar cariños tuyos, desde ya.

Más allá del circuito médico, buena parte del tiempo Sofía lo pasa sentada en la mesa del living escuchando cuanto programa médico existe mientras, por un lado, apunta frases oídas en tales ocasiones que le parecen interesantes de registrar, en simultáneo con las microlibretas espiraladas donde lleva registro de cada medicamento que toman ella o tu papá, los horarios, los posibles efectos versos o adversos, los momentos puntuales en que le da la migraña (ah, tenemos cita el otro jueves con la médica clínica para volver a comentarle eso y mostrarle el registro escrito de cuándo, dónde, por qué se produjo concretamente). Tengo miedo de que en cualquier momento empiece a apuntar lo mío, simularé no estar sujeta a ninguna medicación.

En fin, que para qué detallarte todo esto, querida, si te lo sabés de memoria. Solo me impresiona su perseverancia, y el hecho de que también anote el color o el olor del pis y de las heces, porque eso podría informar de posible infección urinaria o si el refuerzo de hierro no está haciendo efecto ya que las deposiciones salen negras o verde oscuro cuando el complemento está siendo bien absorbido, de lo contrario, habría que hacerse examinar para ver que no se trate de otro cuadro de anemia.

En las antípodas, si hay algo que al tío no le preocupa, por cierto, es la salud. Come chocolates y dulces a escondidas, varias veces al día, sin convidar. Toma vino, whisky o ginebra antes o después de cada comida y jamás ofrece; yo voy y me sirvo sola, sin preguntarle, aunque me esté mirando. A veces me muero de risa por dentro cuando aparezco con mi propio vaso tan campante en el living, me siento al lado de él, que también bebe mientras ve la tele. Mira fijo mi vaso casi con fastidio, como si dijera: me estás vaciando la bodega, sobrina, cada botella cuesta una maldita fortuna, y yo ahí, encantada, saboreando más intensamente cada gota. Incluso le comento: tío, qué buen whisky, ¿lo compraste en el aeropuerto? Él refunfuña, ni siquiera sé bien qué dice, conmigo habla siempre en inglés. Solo para demostrarle que soy distinta, que otras personas pueden comportarse distinto, le he comprado botellas de Baileys, de vino caro, de whisky, que vea que se las repongo. También les llevo masas finas o chocolates buenos, de bombonería: a la tía la enloquecen, pero entre la obsesión por la posible potencial futura hipotética glucemia o diabetes o no sé qué cuernos y el impedimento de gastar en cosas «innecesarias» y costosas que le limita Roberto, jamás osaría comprárselas ella. Ay, las caras cuando les doy las cajas, son un espectáculo, qué golosos. Una vez que se pone a probarlos, ella empieza «el último, el último, no debería» y sigue picoteando. Parece mentira que vivan en esa fortificación de dos millones de dólares y que cada cuadro del tío esté valuado en casi, supongo, lo mismo, para que anden privándose de semejantes pequeñeces.

Sí me hace ruido esto que me venís comentando, Dottie querida, de tu malestar físico. Al final, esta mañana pensaba que, en los últimos mensajes, mencionás síntomas inusuales, como si estuvieras incubando algo. Da la impresión de que es solo cierto cansancio, pero igual no te dejes estar, sobre todo por eso que decís del adormecimiento de los brazos y la mano, deberías consultar. En todo caso, manteneme al tanto.

# DESDE AHORA

«Si nuestros instintos se limitaran al hambre,
la sed y el deseo, seríamos casi libres.
Pero nos conmueve cada viento que sopla,
cada palabra al azar, cada imagen que
esa misma palabra nos evoca.»

MARY SHELLEY, *Frankenstein o el moderno Prometeo*

Cuando le cuento a Mary que hago algunos de los viajes entre ciudades en micro, en lugar de tren, protesta: Tacaña como tu padre saliste, tomate un tren y dejate de jorobar. Los micros siempre son más baratos y tienen mayor frecuencia, pero ya no se lo menciono para que no me dé instrucciones. Lo único que sí le comenté fue lo del boleto de un bus de línea, normal, me causó tanta gracia, y a la vez tremenda curiosidad. Tenía impreso un mensaje de lo más original: «Si usted está pensando en desaparecer, o si conoce a alguien que se encuentre desaparecido, contáctese con Missing People», abajo agregaba unos números de teléfono y una web. Durante un par de trayectos me sentí tentada de preguntarle a algún pasajero por el sentido de ese texto. Si uno efectivamente está pensando en desaparecer —como un poco había sido, al inicio de todo esto, mi caso—, ¿en qué cabeza cabe advertirlo a una institución? ¿O forma parte de ese humor inglés que a veces osa deslizar barbaridades un poco en broma, un poco en serio? No me animé. Por supuesto, le mandé una captura de imagen a Mary, que me respondió con muchas risas escritas, y dijo no tener idea, en su vida se había puesto a leer un ticket de autobús, porque además ya te expliqué, Dorothea, son mejores los trenes. Igual no debía haber mucho por razonar, me dijo, los ingleses somos extravagantes, qué te sorprende.

Después de Liverpool, un chalet sencillo de Chester me esperaba con tres conejos y un mirlo reunidos dentro de un desorden catastrófico en todos los ambientes de la casa, lo que volvía imposible circular sin pisar o patear algo: calzado, juguetes, cantidad de ellos, las bolsas de comida de las mascotas, patines, patinetas, bicicletas, un perchero cargado de infinidad de bolsos, sombreros de lana, bufandas, abrigos gruesos en desuso por la temporada, múltiples paraguas desperdigados por ahí, algunos rotos, potes de cremas o productos de limpieza distribuidos en cualquier estante de cualquier habitación, además de las tres enormes jaulas, la del mirlo colgando, las de los conejos en mitad del patio. A los conejos había que permitirles salir de la jaula algunos ratos por día, pero a continuación había que juntar la caca esparcida por los rincones menos imaginables; así que, aunque me daban pena, los solté poco, seré franca.

Por suerte, la parada siguiente compensó, resultó una delicia. En una casa en las afueras de Oxford me ocupé de un beagle muy pacífico, un erizo africano y un jardín de ensueño con piscina, donde también me habían pedido que les regara las plantas, cosa que me relaja.

El peor de todos terminó siendo un *cottage* humilde de la súper florida Stratford-upon-Avon, en el que nadie parecía limpiar desde hacía una década, y donde me recibieron dos hurones de lo más traviesos. Menos mal que en ese último solo fueron tres días, porque la suciedad ajena me producía tal rechazo que hice inmensos esfuerzos por tocar y manipular la menor cantidad de elementos posibles; mi ritual de limpieza no servía ni para empezar. Me puse a barrer como loca: barrí restos de comida secos alrededor del sofá, que a su vez estaba muy manchado con grasa o salsas; mientras barría recogí piezas de juego de mesa como dados o fichas, dardos, un botón, el cuello de una percha, biromes gastadas, marcadores secos, la tapa de un frasco, dos corchos de vino, entre otro sinfín de objetos que para qué enumerar. Ventilé durante horas para ver si se iba ese olor infame a encierro y a comida hindú, pero no, no hubo manera. Cruzaba al Tesco y me compraba un *meal deal* de sándwich o ensalada, con postre y bebida, que podía comer directamente de los paquetes con los tenedores descartables y tomar del pico de la botella. Dormí sin cubrirme y tapé la almohada con una prenda mía porque toda la ropa de cama olía, además, a profunda humedad. Esto sí, nunca más.

Después de eso pasé seis días cuidando a una bellísima gata siamesa que acababa de parir a nueve cachorros en una mansión edwardiana con una vista panorámica de película en Reading, donde todo estaba tan inmaculado que hasta me di un baño de inmersión en el yacusi con tal de sacarme el malestar.

Nota de color. Josephine Oliver me escribió para decirme —luego de reiteradas disculpas y expresando su remordimiento— que Lilian Duncan la acribilla con un pedido. Quiere mi correo para preguntarme si mi padre —el inmenso Robert Dodds— aceptaría darle clases online a su hijo Stephen. Mrs Oliver, tan ubicada, le dijo que prefería consultarme ella, ya que no le gusta pasar los números de teléfono de la gente. Yo, tan agradecida por ese detalle, contesté que por favor le diera mi mail, me ocuparía de responderle.

Otra nota de color. Los Gilmore tienen ya casi listos los dos temas musicales en los que Mary y yo somos protagonistas, no puedo esperar a escucharlos; ¿qué dirán las letras?, me produce muchísima intriga.

Y la escala final. En un departamento del célebre edificio Circus en Bath, pieza emblemática de la arquitectura georgiana, tuve el desafío de tratar como hijas a tres gatas esfinge a las que los dueños mimaban como a los máximos representantes de una monarquía oriental. Pude anticiparlo por lo que vi en las fotos de la página, donde los muebles y las gatas lucían de lo más distinguidos, tanto como por el meticuloso texto en el perfil, y el tono exigente, severo, con que se dirigieron a mí los señores de la casa. Era una pareja de hombres, Nathan y Justin: en la foto se veían muy lindos, modernos, bronceados y elegantes; eran diseñadores de zapatos con una firma propia, comentaban en esa misma presentación. Estaban advertidos de que yo no cobraba por el servicio, pero insistieron en que ellos querían pagarme por las cuatro noches en que estarían a mi cargo sus criaturas, les resultaba imprescindible, Miss Dodds, es lo justo. Habían visto los comentarios de los propietarios anteriores sobre mi persona y la excelencia de mi trabajo, querían que fuera yo la cuidadora y estaban encantadísimos de pagar lo que correspondiera, ya que ningún trabajo debería ser gratuito. Acepté, aunque ellos decidieron la cifra y no estuvo nada mal. Más aún, fue la rúbrica que necesitaba —lo entendí cuando abrí el sobre y vi las libras— para convencerme de que estos meses había estado trabajando formalmente.

Con ese dinero extra, pensé en invitar a mi prima a tomar un té con tortas en alguna de las confiterías del Ivy en Londres, que ella eligiera si la de Covent Garden o la de Kensington, las dos son preciosas. Estábamos planeando el reencuentro: unos días solas en su casa, para charlar, pasear, comer rico, ir de shopping, contarnos todo. El viaje había salido divinamente y quería agradecérselo.

Las apreciaciones sobre mí que habían escrito en el sitio web Mrs Oliver, los Gilmore, Mackenzie y todos los que siguieron eran extraordinarias referencias. Ya no me hacía falta el escuadrón de Mary, me había ganado uno propio. Me daba tanta alegría que solía entrar una o dos veces al día en la página para releerlos y deleitarme con cada comentario. Me resultó tonto sentirme fortalecida por esas cosas que, en parte, serán palabras de compromiso. Así y todo, para qué negarlo, cuando hablaban de Dorothea Dodds, empecé a aceptar, se referían a mí, no a otra persona. Como si, por primera vez en mi existencia, la Dorothea que yo alcanzaba a identificar —informe, imprecisa o insustancial— y la que veían los demás, al parecer tan distinta, hubieran comenzado a reconocerse, cederse espacio, ahuecarse silenciosamente la primera dentro de la segunda como los gatos cuando se enroscan para dormir en su almohadón. Poco a poco, sin que casi me diera cuenta, se fueron amoldando hasta generar una sola forma. Regresaban a su lugar original de mutua correspondencia, de donde nunca debieron haberse desprendido. Una Dorothea y la otra, en veredas opuestas, ahora veían posible unir sus contornos como dos cartografías superpuestas: la del mapa con sus huellas reales y la del papel de calcar con la copia. Una daba de sí la silueta, la otra aportaba el relleno, entre las dos podrían iluminar un sistema nuevo de revelaciones.

Hablando de revelaciones, cuando me recuperé un poco del impacto por la confesión de Ricardo, empecé a caminar largos ratos, más activamente que antes. Iba hasta los bosques de Palermo, daba un par de vueltas alrededor del lago y volvía. A veces me quedaba a mirar a los chicos alimentar a los patos o a los padres que les enseñaban a andar en bicicleta sin rueditas, a las mujeres que se reunían a hacer pilates al aire libre. Esas caminatas fuertes, furiosas, me servían para descargar, igual que las charlas sanadoras con Mary. La mayor parte de las veces la llamaba desde ahí para que no me oyeran mis padres. Mi prima estaba indignada, incluso más que yo, horrorizada; en un momento de bronca habló de denunciarlo a la policía o de obligarlo a confesar delante de la abuela. Le hice ver que decía necedades. Le dábamos vueltas y vueltas al asunto sin jamás llegar a una conclusión razonable. No tenía gollete. Cuando atinaba a decir en voz alta que igual me daba muchísima pena, Mary se ponía a gritar tanto que tenía que despegarme el teléfono de la oreja.

—¡Estás rematadamente loca! —es lo más suave que me dijo.

—Puede ser, por eso me enganché con un mitómano.

—De eso no tengo dudas —confirmó ella—. Pero ahora tenés que usar tu capacidad para salir definitivamente de ese lugar miserable en el que te ponés. Ver gente, hacer amigos, retomar terapia, estudiar otra cosa, encontrar un hombre normal. Que los hay, los hay. Te lo juro que sí, conociste a mi James, sabés que no miento.

Yo no respondía o le decía que sí para que dejara de repetirlo.

Algunos meses más tarde, no sé cuántos habían pasado, se me presentó Ricardo en una de las vueltas al bosque. Yo caminaba con auriculares, escuchaba música clásica, la radio de la BBC. Cuando lo vi venir de frente, fue un impacto. Pensé en dar la vuelta y caminar muy rápido en la dirección opuesta, pero mi cuerpo no se movió un paso. Me había quedado bloqueada, por completo. Se acercó despacio. Tenía mejor aspecto: pantalón y saco azules, modernos, y el lío ese del pelo más arreglado, un tono levemente bronceado en la cara. Reconozco lo obvio: me dio todavía más irritación que si lo hubiera visto sufriente y macilento como la última vez.

¿Podemos hablar? Le dije que no, que no, que me dejara en paz, que bastante me había costado recomponerme. Por favor, suplicó, por favor. Aunque no contesté, nos pusimos a caminar hacia mi casa, despacio, sin pronunciar una palabra. De repente los dos dijimos algo a la vez: decime, no, decime vos, no, está bien, vos.

—¿Por qué sostuviste la mentira catorce años y quisiste hablar ahora?

—Porque… —empezó y se contuvo—. Porque me diagnosticaron cáncer.

No esperaba nada así, dije que lo lamentaba horrores. En algún distrito de mi cabeza pensé que ni siquiera, de todas formas, había tomado la decisión por mí, sino otra vez por motivos propios, de alguna manera, utilitarios.

—Dicen que puedo vivir hasta viejo, igual, si me cuido, no me voy a morir. Es próstata y bastante común.

—¿Entonces? ¿Cómo se relaciona con tu decisión de contarme?

—La noticia me sacudió, pensé mucho en la triste muerte de mis padres, todavía jóvenes, pensé en mi abuela para quien soy imprescindible.

Seguía sin encontrar mi lugar en su relato.

—Sobre todo pensé en vos. —Ahí dejó de caminar, se frenó, quiso agarrarme la mano pero me resistí, caí en la cuenta de la novedad de poder ir por la calle los dos sin miedo a que Lía o algún conocido nos viera, qué ironía más salvaje—. Me torturaba admitir lo injusto que había sido tanto tiempo. Tan mala persona. Ni siquiera sé por qué, cómo pude armar todo ese barullo, totalmente ficticio. Se me ocurrió de la nada, ese día que viniste por primera vez al estudio. Estaban esas fotos, te vi mirarlas, me pareció que una historia así me volvería mil veces más atractivo de lo que era en realidad. Un pobre tipo en el insípido contexto que ya sabemos. Una vez que te dije «soy casado» la novela empezó a rodar sin que la controlara. Y me gustaba, sinceramente me gustaba lo que me contaba ahí, lo que vivía a través de esos relatos. No te miento nada si te digo que me encariñé con mi vida diaria imaginaria, con los chicos, con… Con los chicos. Hasta me duele decir sus nombres, pasé tanto tiempo con ellos en mi fantasía que de verdad siento como si los hubiera amado y matado, las dos cosas.

—Creo que deberías ver a algún profesional, buscar ayuda, Ricardo.

—Estoy en eso, empecé después de verte la otra vez. Por eso vine, para decirte cuánto lo lamento, cuánto me pesa lo que te causé. El modo en que…

—Cuesta entenderlo, y perdonarlo.

Lo más increíble, habría dicho Mary si le hubiera contado lo que me pasó por dentro, es que sentí más pena por él que por mí, me angustió ponerme en su piel, lo de la muerte de los padres, la experiencia hostil de la guerra, lo de la vida con la abuela, el disparate de todo esto otro. Si bien una parte mía dudó por un momento si eso era auténtico, ¿y si mentía de nuevo? ¿Sería cierto lo del cáncer? ¿Si era un esquizofrénico o un psicópata?

—¿Cómo sé si ahora puedo creerte todo esto?

—Te invito a tomar el té en casa, a conocerla, te muestro mi cuarto con decoración del siglo pasado, con mi abuela Josefa de cien kilos y casi cien años, dormida en el sofá cuando jura estar viendo televisión, en un ambiente con olor a estufa y guiso y naftalina. Te muestro el informe médico, eso lo tengo acá en el teléfono, ¿querés verlo? Mirá. —Atinó a mostrarme algo, pero lo rechacé, le dije basta, por favor, terminala, no quiero ver nada.

—Te llevo, vamos ahora mismo, quiero que me creas.

—No, no puedo ahora, tengo que volver a casa.

—Otro día, más tarde, mañana.

—Vemos, Ricardo, no sé, dejame pensar.

Para acortar el relato, diré que en los dos años siguientes volvimos a vernos alguna que otra vez solo a tomar algún café, charlar un rato, caminar un poco, apaciguar nuestra soledad. Un domingo de otoño, de esos en que las calles están vacías, me llevó a la casa de su abuela —no sé por qué me viene a la memoria que ese día llevaba puesto mi tapado verde, me quedaba menos holgado que ahora—, me presentó como a una amiga, la mujer a duras penas veía o escuchaba nada, se enteraba muy poco. Todo era tal cual lo había descrito. A esa altura podría haberles confesado a mis padres que salía con un señor soltero, pero no me pareció. Todas esas preguntas, el posible disgusto de mi padre que me quería solo para él, la desconfianza de mi madre acerca del rango social, la religión, la orfandad y las costumbres del candidato. No, no encontré energía porque además todo el tiempo pensaba que se iba a acabar, que un día íbamos a dejar de vernos. A Mary le mentí, le dije que ya no lo trataba ni hablábamos, justamente porque estaba convencida de que siempre estaba cerca el final.

Hubo épocas en las que preferí no aceptar sus invitaciones; él volvía a buscarme, pero todo se resolvía con una laxitud, una falta de convicción o de firmeza, un dejarse llevar como el agua que va, que va por ir, sin sensación de nada especial, algo híbrido y neutro.

Cuando supimos de la enfermedad del tío Simon y hubo que acelerar el viaje a Londres, ya hacía tiempo que Ricardo y yo habíamos dejado de vernos, porque sí, como sin darnos cuenta. Unos días antes de viajar me escribió para encontrarnos y sin contestar, en un impulso, borré el mensaje.

Se lo conté a Mary en Hampstead: puso el grito en el cielo. Enfurecida dijo que a quién se le ocurría reincidir en una relación sentimental con ese sujeto, ese Yuyo muerto, ese cadáver de persona, ese subnormal rayado, que si estaba completamente descerebrada o qué, Dottie, o qué. Admití que tenía razón, prometí que iba a poner todas mis fuerzas en conocer a otro tipo de personas, o bien quedarme así, sola, hacer amigas en el nuevo curso de italiano al que pensaba anotarme para trasladar mi ser entero a otro hemisferio de la lengua. A ver si lo cumplís, dijo ella desconfiada. Fue entonces cuando llegué de la tienda Oxfam con ese folleto sobre House & Pet Sitting y mi prima se iluminó.

# Y PARA SIEMPRE

«Usted pregunta por mis compañías.
Colinas, señor, y la puesta del sol,
y un perro tan grande como yo.»

EMILY DICKINSON, *Cartas*

La mañana del día en que tenía todo planeado para comenzar su vuelo personal, es decir, pasar unos días en Londres sin cuidar a nadie ni tener que buscar excusas para disfrutar, solo esperar a reencontrarse conmigo, Dorothea fue descubierta en un banco del paraíso terrenal —los Kew Gardens— dormida.

Según me enteré después, un guardián joven pasó silbando y, como a esa hora tan temprana no había casi visitantes, se fijó en una persona sentada en un banco, a quien al principio, por su contextura mínima, de atrás confundió con una chica. Recién al acercarse, con la intención de preguntarle si estaba sola, descubrió que se trataba de una mujer adulta, dormida. Las dos manos reposaban laxas sobre un bolso tipo maletín medio aplastado, medio vacío, encima de la falda y la expresión de placidez en esa cara era absoluta. Al reiniciar su ronda de vigilancia, a escasos centímetros de la pata del banco, el guardián pateó un objeto en el césped, un cuaderno anillado abierto a la mitad. Se agachó a recogerlo y cuando iba a cerrarlo, todavía de cuclillas, dejó pasar algunas hojas como sin querer. Alzó la vista para comprobar que la señora siguiera durmiendo, no estaba bien espiar así entre sus cosas. Pero le costó resistirse a mirar por encima esos dibujos que le impresionaron por modernos, digamos delirantes, casi lisérgicos (los de color en particular, ya que había otros en blanco y negro) para una señora que —la observó con asombro de nuevo— podía tener la edad de su madre, e iba arreglada más bien como su abuela. Quizás no eran suyos, sino de algún alumno. En la primera página ponía *Bocetos* y todos llevaban la firma DD en el ángulo inferior de la derecha, mientras que en el reverso habían sido fechados en distintas ciudades, si bien unos cuantos, intercalados en momentos desparejos de los meses pasados, se localizaban en Kew Gardens. El último, de ese mismo día, daba la impresión de estar incompleto.

Al inclinarse para dejarlo otra vez en el suelo, con cuidado de no hacer ruido, descubrió un lápiz negro y una goma de borrar gastada entremezclados en el pasto. Seguramente la señora estaría dibujando, o corrigiendo los bocetos de alguien, y las cosas se habían caído cuando se durmió. Decidió acomodarlas con prolijidad sobre el asiento encima de un libro con la foto de Virginia Woolf que en la tapa decía *Kew Gardens and Other Stories*.

Tal como me revelarían los oficiales de la policía que se contactaron conmigo, y después el propio guardián cuando lo visité dos semanas más tarde, el chico empezó a alejarse pero lo inquietó una duda, tuvo un pálpito. Tosió y habló fuerte, cantó los primeros versos de *La donna è mobile*, la mujer no se movió. Según su relato, le tocó apenas el hombro con la punta del índice, una vez, dos, cinco, cada vez más enérgico. Al darse cuenta de que no reaccionaba, y enseguida comprobar que no tenía pulso o respiración, se comunicó con la oficina administrativa del parque y, en un estado de nerviosismo horrible, informó el hallazgo.

Mientras esperaba que vinieran a buscarla con un servicio médico (le habían ordenado no dejarla ni por un segundo sola), le pidió a un visitante que fumaba si podía regalarle un cigarrillo, y encendérselo también. Alguna rara vez había fumado sin que llegara a gustarle, pero ahora no podía parar de dar pitada tras pitada. Nunca en su vida había visto a alguien muerto así, en vivo y en directo, al lado, como de verdad. Cuando los enfermeros bajaron de la ambulancia, había consumido el cigarrillo y se había sentado sobre el césped de espaldas a la mujer, lo alteraba mirarla y hasta creía sentirse mal por algo que no había hecho. Se apuró a explicar que había manipulado sus pertenencias porque las encontró en el piso y pensó que se le habían caído. No fuera a ser que lo consideraran culpable por unas huellas digitales involuntarias.

Con ceremonia la trasladaron en una camilla cubierta por una sábana sobre la que apoyaron el cuaderno, el maletín, el libro de cuentos. Entre sus objetos personales encontraron los documentos y vieron que su nacionalidad era argentina, aunque también le descubrieron un domicilio en Londres y un pasaporte inglés, si bien en ese preciso momento toda su familia estaba lejos. Avisados nosotros en Buenos Aires, respondí que adelantaría inmediatamente mi vuelo y que, de requerir mayor urgencia, podían ubicar a un tal Father Mackenzie, de Woolton, Liverpool, que quizás tendría la amabilidad de ir a reconocerla a la morgue. Su número de teléfono seguro figuraría en el celular de mi prima o en internet. Mi hijo Chris, encima, acababa de salir de vacaciones con unos amigos a Sídney. Por primera vez me encontré agradeciendo que los ingleses perpetuáramos esa cultura insólita de demorar tanto los funerales y entierros después de ocurrida la muerte, así me daba tiempo a llegar.

Me despedí de los tíos la mañana del día en que Enrique aterrizaría en Buenos Aires por la noche, Robert y Sofía quedarían solos unas pocas horas, y me encargué de arreglar que la empleada estuviera en la casa para atenderlos. Aunque no había manera de adivinar cómo sería el reencuentro de mi primo con los padres, aturdidos además como estaban, me dio tranquilidad dejar a los ancianos con él, ya que solos habrían colapsado. No pude evitar pensar, sin embargo, cómo una vez más se cruzaban los caminos de estos hermanos, una vida sostenida simétricamente a destiempo, un par de ojos bizcos mirando en distintas direcciones dentro de una misma cara.

Father Mackenzie viajó a Londres, reconoció el cuerpo, luego me esperó ahí. Camino desde el aeropuerto pasé por casa a dejar la valija y con el mismo taxi llegué a la morgue del hospital. La presentación con el cura fue de lo más inusual entre dos desconocidos, aunque también es verdad que su investidura —por más que una no sea creyente— acerca de forma espontánea, da confianza; la especialidad de los curas es tratar con gente nueva y hacerla sentir contenida. Nos agarramos las manos y nos miramos como si nos tratáramos desde siempre, no conseguimos decir ni una frase coherente, solo mutuas gracias y lamentos entreverados en el silencio.

La autopsia informó de un ictus. Poco explicable ya que la señora estaba en líneas generales sana, pero los ictus son así —dijeron los forenses—, pueden aparecer de la nada y resultar mortales. De la nada no, interrumpí yo, debo admitir que histérica, de la nada no, Dorothea notó síntomas, me lo había dicho, tendría que haberle insistido mucho más para que viera a un médico, solté un llanto como si el alma con todas sus reencarnaciones se me despeñara por un abismo. Mackenzie me consoló como pudo, se quedó conmigo hasta que mínimamente me recompuse, le ofrecí un cuarto en casa pero prefirió alojarse en una residencia de la curia. Chris llegó de Australia unos días más tarde, a tiempo para todo el papeleo y la cremación.

Cada uno de nosotros, allá y acá, murió un poco con ella.

La tarde en que me cité con el guardián en una de las cafeterías de los Kew Gardens, yo apenas tenía sangre en las venas y movimiento en los miembros del cuerpo, me percibía a mí misma literalmente inválida. No caía, no podía aceptar que Dorothea, mi prima querida, mi mejor amiga, mi hermana, se hubiera ido de esa manera. El chico, de nombre Kit, me contó que tenía veintiún años, era de Brighton y estaba en Londres para estudiar Filosofía. A pesar de la gravedad y la tristeza que implicaba todo el tema, tenía una forma de hablar graciosa, gesticulaba mucho y en sus ojos había una expresión permanente de sorpresa o susto, que iba de lo ingenuo a lo demasiado solemne. Además de otras curiosidades, describió que el lápiz de mi prima se había deslizado por entre las rendijas del banco, y él aprovechó el momento de distracción de los enfermeros para hundirlo en la tierra todo lo hondo que pudo. Cuando dijo eso, me sonreí entre lágrimas, le pregunté qué lo había motivado. Dicen que cuando a uno le gusta mucho un lugar en el que está de paso, conviene dejar un par de zapatos o alguna prenda para que el destino nos permita volver, respondió. Quién sabe por qué —si por la expresión de paz y la postura distendida en el cuerpo de la señora, por los muchos bocetos hechos ahí mismo, o por el libro de Woolf—, intuyó que ese lugar debía ser significativo para Dorothea. Me dijo qué raro debía ser terminar la vida de uno en soledad sobre el asiento de un parque. Contesté que morir es raro siempre, asintió. Pero esta situación en particular lo hizo meditar que la patria no es la infancia, como han dicho tantos. La patria debe ser el lugar donde crecen nuestros proyectos, y se sintió convencido de que los de ella habían nacido exactamente ahí, como las flores que en sus rondas revisitaba cada mañana. Le dije que tenía razón, era así totalmente. Cuánta sensibilidad en un chico tan joven, pensé.

Recién al inicio del otoño, cuatro meses después, tuve la fortaleza para volver al lugar donde habían encontrado a Dorothea; el chico me lo había marcado en el mapa del parque. Por sus indicaciones, tuve que internarme un buen trecho desde la entrada; anduve lento por los senderos, distraída con la variedad de tonalidades verdes, rojizas y ocres de los árboles, las innumerables especies de plantas y flores, las esculturas de piedra, los monumentos, el invernadero vidriado, la multitud de aves.

Pensaba en la familia de Buenos Aires. Sobre el encuentro entre Henry y los tíos había distintas versiones. Mi primo me comentó por teléfono, los primeros días, que no era sencillo pero creía estar manejándolo bien. Cuando le pedí que me pasara con Sofía, la tía se encerró en su cuarto para confesarme en voz baja que, si bien los hombres hacían sus respectivos esfuerzos, no lograban congeniar: a veces levantaban la voz o se contestaban mal, o iban a quejarse uno y otro con ella, o evitaban comer juntos. De todas formas, se notaba que Enrique estaba decidido a tener paciencia, dadas las circunstancias se contenía muy a menudo en sus reacciones o respuestas. El problema era que Robert, especialmente, estaba destrozado con lo de Dorothea, se había ido quedando solo más que nunca en su taller, apenas salía, apenas comía, casi no hablaba ni compartía, por mucho que la tía le suplicara y los amigos lo visitaran.

Poco después de esa conversación, Robert tuvo un primer infarto del que se repuso y luego hubo otro segundo que ya no resistió. Toda la prensa internacional le dedicó, como por dos meses, notas y números especiales. Entre Enrique y

Sofía, tras superar la extrañísima prueba de reencontrarse por primera vez luego de tanto tiempo separados y con la familia demediada, comenzaron a hablar muy erráticamente sobre la idea que mi primo nos había mencionado en una carta a su hermana y por teléfono a mí. De hecho, esa misma carta apareció adentro del diario personal de Dorothea, que miré muy por encima porque me resultó demasiado privado, y guardé junto con todo lo suyo en un armario hasta ver qué hago. Quizás cuando yo me muera lo encuentren mis nietos, si es que alguna vez llegan.

Al principio respondí muy mal al planteo de mi primo, me puse agresiva, le contesté que me parecía un espanto refregarse las manos y ponerse a hacer negocios *ipso facto*. ¿No podía esperar? Me contuve, pero qué ganas de insultarlo, de gritarle por tantos años de hacer sufrir a los demás y ahora esto. Me dio pena la tía, la llamé más seguido que de costumbre. Una vez que me calmé, lo conversé por teléfono con Christian y con Mackenzie, me generaba paz hablar de Dorothea con su último amigo, sentí que estábamos muy en sintonía acerca de quién había sido ella. La opinión de los dos me ayudó a evaluar las cosas desde otra óptica y recapacitar. No había que interpretar lo de Henry necesariamente como una apropiación oportunista o un abuso de los nombres y las obras de sus parientes, sino como una motivación para las personas que quedaban y un homenaje para los que se habían ido. La construcción de algo que equilibrara la pérdida. Cada uno tiene distintas maneras de procesar estos trances, dijo el vicario. Incluso fue de la idea de que para mí también podía ser un incentivo. Y vaya pronto a visitar a su hijo, cambie de aire, me recomendó. Le hice caso, pasé en Berlín una semana antes de que se pusiera demasiado frío, y me renovó bastante.

Al regreso, desde Londres, me involucré poco a poco con el plan de Henry y sugerí que la institución no fuera inscrita como pedía Sofía: Fundación Robert Dodds. Mi primo y yo estuvimos de acuerdo en que se llamara Fundación Dodds, aunque fui yo quien con un estoicismo indescriptible venció finalmente la terquedad de la tía. Ya están hablando con especialistas para conseguir financiación; un arquitecto de confianza estudia los planos de la casa familiar para convertirla en museo. Sofía y Enrique se van a mudar a un departamento que solían tener alquilado: puedo ir cuando quiera. La remodelación de la casa y la puesta en marcha de la fundación llevará unos dos años.

El otro día se lo conté a Mackenzie, se puso de contento. Tenía razón, todo el procedimiento contribuye a ir tirando, a crear una especie de nuevo sentido. Me entretiene pasar tiempo imaginándolo. El museo va a estar destinado mayormente a mostrar la obra del padre, pero la planta más alta, justo donde existía el atelier de Robert, se dedicará a descubrir los dibujos de la hija, hay sin duda algo de sátira en eso, seguro fue idea del mellizo y debo admitir que me encanta. En los pasillos, se exhibirán fotos hechas por Henry Dodds, que además asumirá como director de la institución. Yo pedí que me dejaran terminar la biografía del tío que Dorothea tenía muy avanzada, me entretiene y tengo la sensación de ser útil, de estar ayudándola a mi manera.

A través de la plataforma de House & Pet Sitting, en la casilla de correo de mi prima hace no mucho entró un mensaje de los Gilmore; traía adjuntas las canciones que compusieron sobre nosotras dos, dicen. Hice como si no lo hubiera visto porque no logro reunir el valor para contestarles, ni la fuerza para escucharlas todavía.[1]

---

1. Los temas musicales de Dorothea y Mary pueden escucharse a través del QR incluido al final del libro. *(N. de la A.)*

Los Kew Gardens son tan inmensos y laberínticos que me costó llegar al punto señalado en el mapa, es cierto que da gusto perderse ahí sin ningún apuro por volver al mundo exterior. Miré otros bancos antes de dar con el exacto. Hasta ahora jamás había prestado atención a las dedicatorias grabadas en las placas de metal que la gente hace colocar en los respaldos para los seres queridos que ya no están, en todos los parques públicos. Una despedida por banco. Sabía sí que es una tradición muy común acá, sin embargo no le había dado mayor importancia hasta ese momento cuando me detuve a leer varias despedidas que me emocionaron.

No sé por qué supuse que el banco que yo buscaba era uno desvencijado, con las maderas gastadas, quizás porque no tenía placa ni señales de nada. Había planeado sentarme un rato para ver lo último que ella había visto, pero una vez ahí, mis músculos se resistieron. Me aferré al respaldo, miré y absorbí el paisaje alrededor. Sinceramente conozco pocos sitios más espectaculares; Dorothea lo tenía claro, yo en cambio tuve la impresión incluso física de estar descubriéndolo.

Cuando ya me volvía, pasé junto a otro banco: me llamó la atención un ramo de astromelias de color turquesa sobre el asiento, lo levanté y me acerqué a leer la placa que por lo reluciente se veía nueva. Alguien había hecho grabar en ella *Adiós, Miss Dodds. Buen viaje.* Me senté de golpe, en trance durante unos segundos, con el ramo en las manos. ¿Quién habría sido? El guardián, quizá, porque al final, razoné, todos tenemos uno.

Aunque el sol estaba alto, sentí frío. Envuelta dentro del tapado verde de Dorothea que había empezado a usar para tenerla cerca, me recliné contra el respaldo y dejé que el sol de otoño se ocupara de mí.

# AGRADECIMIENTOS

A mis lectoras iniciales: Mariana Travacio, Julia Saltzmann, Julieta Castagnaro, Itatí Albamonte. A Susana Smulevici, por su sapiencia artística.

A Mariano Gilmore, por su música inspirada en los personajes, su asesoramiento sobre cultura inglesa y sobre historia del arte. A Kit Maude, por su lectura británica.

Al libro *Hijas escritoras* de Maggie Lane que, encontrado por puro azar en una librería de segunda mano, me ha servido de insondable inspiración.

A Enrique Redel, mi editor, por la confianza y el entusiasmo.

A mi madre y a mi hija, por las conversaciones fundamentales.

A mi padre y a mi hermano, por estar siempre de la mejor manera.

A Augusto Di Marco, principio, compañía y motivo de todo.

Los temas musicales «Dorothea Dodds» y «Mary Lebone» han sido compuestos por Mariano Gilmore y Belle, con colaboración especial, en la letra, de Augusto Di Marco y Malena Di Marco. Para escucharlas, escanea el QR:

# ÍNDICE

Esta edición de *La vida en miniatura,* de Mariana Sández,
terminó de imprimirse el día 12 de febrero de 2024
en los talleres de la imprenta Kadmos, en Salamanca,
sobre papel Coral Book Ivory de 90 g
y tipografía Adobe Garamond Pro de 12,5 pt.